U0506721

# 指南錄

[宋] 文天祥 撰

吴海发 注

详注

**图书在版编目(CIP)数据**

指南录详注/(宋)文天祥撰；吴海发注.--上海：
上海古籍出版社,2021.5
ISBN 978－7－5325－9967－7

Ⅰ.①指… Ⅱ.①文…②吴… Ⅲ.①宋诗-诗集 ②
《指南录》-注释 Ⅳ.①I222.744

中国版本图书馆 CIP 数据核字(2021)第 075490 号

**指南录详注**

［宋］文天祥 撰

吴海发 注

上海古籍出版社　出版发行

(上海瑞金二路 272 号　邮政编码 200020)

(1) 网址：www.guji.com.cn

(2) E-mail：guji1@guji.com.cn

(3) 易文网网址：www.ewen.co

上海崇明裕安印刷厂印刷

开本 850×1168　1/32　印张 7.25　插页 4　字数 157,000

2021 年 5 月第 1 版　2021 年 5 月第 1 次印刷

印数：1—3,100

ISBN 978－7－5325－9967－7

Ⅰ·3559　定价：32.00 元

如有质量问题,请与承印公司联系

宋丞相信國文公遺像

文天祥像

江西吉安文天祥纪念馆前的文天祥雕像

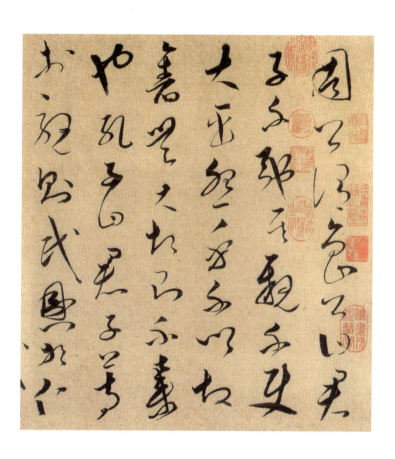

文天祥书《谢昌元座右自警辞》手迹（局部）

位于江苏南通的文天祥渡海亭

# 目　录

### 卷之四　从通州石港渡海南归的诗　29题36首

以上凡 104 题 180 首

## 附录

# 序

周振甫

宋朝末年民族英雄文天祥著的诗集《指南录》，情惊天地，真挚动人，历来未见有注释本出版。吴海发同志不辞艰难加以注释。据他告诉我，前后花费了近三十年时间。锲而不舍，孜孜矻矻，他的勤奋精神感动了我。他让我写篇序文，我不当推辞，一则感动于他整理古代文献的热忱，一则彼此订交多年、友谊日深。以下让我谈谈对此书稿的印象。

南宋末年，文天祥响应宋恭帝太皇太后勤王号召，从江西庐陵吉州家乡起兵勤王的时候，元军已经陈兵于京城临安（杭州）北郊，出击、守城、迁都，均已无望。文天祥不顾个人安危，受命于危难之时，出使元人兵营，谈判交涉，抗辞慷慨，竟遭元兵扣留，然后被押送大都（今北京）。在京口（今江苏镇江）等候过江的间隙，文天祥一行逃出敌人魔掌，辗转来到仪征、扬州、高邮、海陵、海安、如皋，最后到达尚未沦陷的通州（今江苏南通），得到通州太守杨师亮的理解与支持，然后在通州的石港物色一艘贩卖私盐的船只，涉海南归，终于回到已经迁往福州的南宋朝廷。一路上，文天祥以诗纪事抒怀，诸如应诏勤王、出使谈判、京口脱逃、苏北流亡、黄海乘船南归等,都有诗记述。其中苏北流亡一段生活,主要写元军的追捕,也写土匪的欺凌,历尽艰险,九死一生,诗中充满爱国者的浩然正气,在文学史上留有特异的光彩。

《指南录》表现了诗人以身许国的献身精神。文天祥看到沦陷区人民的灾难,"英雄未死心为碎,父老相逢鼻欲辛",他的心与人民的心连在一起。他有一首诗,题为《扬子江》:

> 几日随风北海游,回从扬子大江头;
>
> 臣心一片磁针石,不指南方不肯休。

这首诗点明了诗集题名"指南录"的依据。诗写于北海盐船中。诗句高亢响亮,掷地有声。

其次,《指南录》表现了诗人虽然九死一生,但是救国之志不变的人生信念。文天祥作为元军悬赏捕捉的逃犯,处处有险,步步难行。扬州城下,南宋守将听信谣言,误认文天祥逃到扬州是为了"赚城"(替元军骗取城池),险些把文天祥误杀。《高沙道中》一首诗是《指南录》中最长的纪事诗,有杜甫《北征》的沉郁伤痛。但是他"中兴奋王业,日月光重宣,报国臣有志,悔往不可湔"。救国之志坚定,效国之行激烈。

文天祥的诗为宋代末期的诗歌注入新鲜的活血,为宋诗画上了一个爱国主义的句号。宋代诗人汪元量高歌道:"雪平绝塞魂何往,月满通衢骨未寒。一剑固知公所欠,要留青史与人看。"文天祥诗中的爱国精神不朽。

　　吴海发同志注释的《指南录》是一个可读的版本。他参与编纂了《汉语大词典》的部分词目,对注释颇有研究。这个注释本通俗易懂,行文简洁,初中以上文化水平的人即可读懂。高中语文教材选有《指南录后序》一文,大中学校师生从无机会读到《指南录》的注释本,吴海发所做的注释,满足了大家的学习愿望。

　　书后附有研究文章多篇,颇有创见,且在大学学报等处发表过的,也值得大家参看。

1993 年 4 月,北京

# 为注释本《指南录》说几句话

吴祖光

一九三七年,神圣的抗日战争的炮声在卢沟桥头打响之后,中国人民坚决抗战的精神防线震惊世界。我写过一个话剧,题《正气歌》,取材于南宋末年民族英雄文天祥抗元事迹,在日军包围中的上海租界连续演出 200 余场,在大后方的重庆、成都等地亦均有盛大的演出,激发了全国群众的爱国正气。六十年代初,吴海发同志身居荒远的微山湖边,在聚集着一千多位优秀子弟的学府里教书,被《指南录后序》的浩然正气所感动,开始注释《指南录》。他为了参考研究,向我借阅《正气歌》剧本。当时我手头仅有一册,且是友人在沪上旧书店购得赠我保存的孤本。吴海发用完后立即寄还我。我为他的守信而感动,更为他研究古籍,开发民族精神遗产的努力而感动——当时,"厚今薄古"的思潮已经走向过头的深谷,为后来的十年浩劫、摧残古人、糟蹋古代文化埋下了愚蠢的祸种。吴海发不怕压力,不吱声地拾起注释古籍的艰难任务,事迹很可一记。现在,注释本《指南录》历经三十余年的艰难岁月,终于面世,我很高兴为此注释本写几句话。

《指南录》是文天祥写公元 1276 年经历的诗集。起始于出使临安（杭州）谈判，要求元兵退出临安北郊，终止于江苏南通石港渡海南归宋朝。写了被扣、脱逃、避敌追捕，四处流亡，种种艰难历程都化作了感天动地的诗篇。诗集中有这样的诗行："人生岂无难，此难何迍邅。重险复重险，今年定何年。……慷慨为烈士，从容为圣贤。"

文天祥置个人生死于不顾，以身许国，为国家完整统一而付出惨重的代价。我不是盲目崇拜古圣先贤的人，可是，我对文天祥的爱国精神始终不忘，而且融合在自己的立身行事之中。

吴海发研究《指南录》，耗费了心血，注释翔实，通俗易懂，为后学提供了方便，我很欣赏他的治学精神，愿向广大读者郑重介绍这一个弥足珍视、尚无先例的《指南录》注释本。

写于 1993 年 4 月，北京

# 《指南录》

## ——民族英雄的悲壮心声

吴海发

公元 1276 年，即南宋末年宋恭帝德祐二年正月到同年五月，在元兵围困南宋都城临安（今浙江杭州）的危急之际，右丞相文天祥经历了出使元营谈判、被扣、脱逃、被追、流亡、渡海南归等艰难万状的生活，途中"间以诗记所遭"，写下感人肺腑的英雄史诗《指南录》，真实地记录了一位以身许国、坚贞不屈的民族英雄的悲壮心声，表现了文天祥高贵的民族气节。

### 一

文天祥（1236—1283），乳名云孙，字天祥，后以字为名，改字履善。宋理宗在殿试时发现文天祥的名字，说："天之祥，乃宋之瑞也。"故又改字宋瑞，号文山。江西吉州庐陵（今江西吉安）人。宋理宗宝祐四年（1256）中进士，原为第五名，理宗亲自擢升为第一。从此，文天祥立下"男儿生作事，豪杰死留名"的凌云壮志。

文天祥一生处于风雨飘摇的南宋末期。那时，中国北部蒙古地区正有一股强大的军事、政治力量崛起，山雨欲来风满楼，阴霾笼罩着南宋的上空，严重威胁宋朝的安全。这股蒙古贵族统治力量，多次发动对宋朝的侵略战争。公元1259年，蒙古贵族统治者忽必烈进犯湖北鄂州（今武汉）、宋朝陷于混乱，擅权的宦官董宋臣请理宗皇帝远避明州（今浙江四明），临安人心惶惶，惟有文天祥等人反对投降，反对逃跑，力主抗战，力主进击，他上书"乞斩董宋臣，以一人心，以安社稷"。公元1275年，元兵沿江东下，直逼临安。正在赣州知州任上的文天祥响应理宗皇帝的勤王号召，募集万人，起兵抗敌。次年（德祐二年）敌人兵临城下，临安告急，文天祥受命于国家存亡之秋，担任右丞相兼枢密使、都督全国兵马，投降派左丞相陈宜中假借太皇太后谢氏的名义，派人把传国玉玺、降表和尚未沦陷的两浙、福建、江东、江西、湖南、两广、两淮、四川等州路的地图奉献给伯颜，宣告宋朝投降。临安局面顿时陷于瘫痪，城中将兵纷纷自往投降。国家陷入"战、守、迁、皆不及施"的困境。文天祥却不顾个人安危，毅然出使北营谈判，意在逼迫元兵退出临安北郊皋亭山；即使无效，也可借此探得元兵虚实，归来求救国对策。哪知敌方背信弃义，把他扣留，并逼他随祈请使到元朝都城大都（今北京）求和。北行途中，滞留京口（今江苏镇江）等待渡江，他乘机逃出魔掌，在苏北扬州、高邮、淮安一带辗转流亡，屡遭危险，虎口余生，终于到达南通（当时未沦陷），从北海（长江口以北海域，今属黄海）乘小船南奔，到达浙江永嘉（今浙江温州）。不久，应端宗皇帝之诏,于德祐二年四月廿六日,来到福建三山(今福建福州,端宗行在)复任右丞相,继续领导抗元斗争,意气慷慨,坚韧不拔。

景炎三年(1278)端宗死,帝赵昺即位,年号祥兴。文天祥被加封为少保、信国公。十二月,走广东海丰县,元兵首领张弘范率兵突然包围文天祥部。文天祥正在五坡岭吃饭,不幸被俘。张弘范逼他写信给宋将张世杰劝降,他录写《过零丁洋》诗作答,宣告"人生自古谁无死,留取丹心照汗青"。人都不免一死,要死前做出爱国大事,永垂史册。宋朝的最后一个据点崖山(在今广东新会南的大海中)被攻破,文天祥被押往大都,囚禁二年,敌方百般劝降,他决不屈服,作《正气歌》诗,严正宣告:"是气(浩然正气)所磅礴,凛然万古存,当其贯日月,生死安足论!"1283年农历一月被杀害于北京柴市口。临刑时,文天祥问市人哪里是南面,他向南拜了三拜,从容就义。文天祥的言行是爱国精神的典范,万世景仰!

## 二

文天祥在民族存亡之秋,挥戈跃马,登上抗元救国的历史舞台;历史促成他扮演民族英雄的伟大角色。他慷慨赴难,坚贞不屈,之死靡它,浩然正气,彪炳千古。在艰难危险的斗争间隙,文天祥把满腔义愤、民族正气倾注笔底,凝成了爱国主义诗篇。诗集《指南录》跳动着艰难时世的脉搏,响彻着民族英雄的爱国心声。

《指南录》共分四卷,计106题,180首诗,所写内容的时限,从德祐二年(1276)农历正月二十日文天祥赴临安北郊元营谈判被扣留,至五月二十六日脱险抵行都福州,然后又转战福建南剑州、汀州、龙岩等地,时间直到景炎二年(1277)五月麦熟时节。伟大的人格产生伟大的诗篇。论文论诗,文天祥都不愧为佼佼者。南宋爱国诗人刘辰翁的儿子刘将孙说:"信公(文天祥)年二十一魁天下,为进士第一;仕二十年,以辅臣死国难,为宰相第一;艰难困踣,必无负其忠志,为东南人物第一;而受祸亦人间第一。"(《养吾斋集》卷二十六《题文信国公燕山与外氏帖后》)。文天祥同时代的爱国诗人林景熙论文天祥的诗说:"哀鸿上诉天欲裂,一编千载虹光发。书生倚剑歌激烈。万壑松声助幽咽。"(《霁山文集·读文山集》)。

关于《指南录》诗集的题名,这是在写《后序》时定下的。当时文天祥被囚禁在燕京狱中,顽强不屈。他不知道南宋政府已经在崖山决战后灭亡,身陷囹圄,仍心寄宋朝,所以题名《指南录》,蕴蓄着文天祥对国家民族的强烈忠诚。他有一首题作《扬子江》的诗:

几日随风北海游,回从扬子大江头。

臣心一片磁针石,不指南方不肯休。

指南,是说自己的爱国忠心像指南针一样,坚定不移地指着南方宋朝,《后序》中说:"予在患难中,间以诗记所遭。"《指南录》是文天祥身陷囹圄,心怀南宋,虽九死其犹未悔的忠实记录。

《指南录》的前三卷大多写于出使北营、镇江脱逃以及苏北流亡、海上漂泊途中，诗情慷慨，风格沉郁，笔调伤痛，在抒写救国壮志的同时，不免间或流露失策后的沮丧、懊恼以至伤感的情绪。第四卷则写于到达永嘉之后，诗情如潮，节奏轻快，设色明朗，笔调昂扬。爱国主义精神似一条红线贯串《指南录》的始终。

"愤怒出诗人"，文天祥运用了他多年的作诗经验，把自己激昂沉痛的诗情浓缩在格律严谨的诗行中。

首先，诗中鼓吹以民族利益为重、以个人生死为轻的民族正气。当国事不可收拾之际，他忧心忡忡，赴敌营谈判。在敌人面前，他慷慨激昂，怒斥敌人背信弃义，使敌人胆寒，真有"三寸之舌强于百万之师"的气概。请听吧：

> 壮心欲填海，苦胆为忧天。（《赴阙》）
> 若使无人折狂虏，东南那个是男儿。（《纪事》）
> 北方相顾称男子，似谓江南尚有人。（《纪事》）
> 狼心那顾歃铜盘，舌在纵横击可汗。（《纪事》）

他与元人相周旋，又跟宋朝的卖国贼、投降派作斗争，深恶痛绝这班屈膝事敌的无耻政客。"公卿北去共低眉，世事兴亡付不知。不是谋归全赵璧，东南那个是男儿。"（《真州杂赋》）他痛斥为虎作伥的吕师孟叔侄，他抨击把求和当作"北渡黄河衣锦游"（《使北》）的逆贼贾余庆，他嘲讽不知羞耻的丑类刘岊，他揶揄怯懦怕死的老儒吴坚等，这

些行肉走尸在文天祥诗中被钉在没有骨气的耻辱柱上,文天祥愤恨地说:

> 袖中若有击贼笏,便使凶渠面血流。(《纪事》)

与此同时,文天祥用热情如火的诗句赞扬那些为国效力的英勇之士。其中有拒绝在投降书上签字的唯一重臣家铉翁,歌颂他:

> 摇首庭中号独清。(《则堂》)
>
> 廷争堂堂负直声。(《使北》)

有跟随他南征北战、出生入死的著名将领杜浒,歌颂他:

> 半生谁俯仰,一死共沉浮。
>
> 我视君年长,相看比惠州。(《贵卿》)

有身陷北地、心在南宋的信云父,歌颂他:

> 东鲁遗黎老子孙,南方心事北方身。(《信云父》)

有死于战场的抗元救国将士,哀悼他:

> 我作招魂想,谁为掩骼缘。
>
> 中兴须再举,寄语慰重泉。(《吊五木》)

对这些具有民族气节的人物,他或作顶礼膜拜,或发热情歌颂,或寄由衷哀思。文天祥的恨和爱,都从对卫国斗争是否有利出发,都维系在民族命运的安危上。诗中高贵的民族正气,像一股热流灼人心灵,使垂危的民族得到感奋。

其次,《指南录》记录了战乱中人民遭难的惨象。兵连祸结,老百姓死得好惨! 只因为敌军嗜血成性,对中原地区实行野蛮的烧杀。"平淮千里,莽为丘墟",惨象使人目不忍视:

> 富平名委地,好水泪成川。(《吊五木》)
>
> 山河千里在,烟火一家无。(《常州》)
>
> 舟人为指荒烟岸,南北今年几战场。(《发高沙》)

以上写敌人的烧,以下再看敌军的杀:

> 城子河边委乱尸,河阴血肉更稀微。
>
> 太行南北燕山外,多少游魂逐马蹄。(《发高沙》)
>
> 一日经行白骨堆,中流失柁为心摧。(《发高沙》)
>
> 连年淮水上,死者乱如麻。
>
> 魂魄丘中土,英雄粪上花。(《吊战场》)
>
> 不见道旁骨,委积有万千。
>
> 魂魄亲蝇蚋,膏脂饱乌鸢。(《高沙道中》)

文天祥把战乱中百姓遭难的惨象写得怵目惊心。诗句沉痛地向人们控诉,野蛮的侵略造成了多么沉重的灾难啊! 诗人这样写,意在振奋人们的抗敌精神,鼓舞人们的斗志。

再次,《指南录》记录了诗人及其战友九死一生的痛苦经历,诗中昂扬着忠于人民、不怕牺牲的爱国精神。诗人经历的出使、被扣、诱降、脱逃、追捕、流亡等,都有诗记载明白。他被扣之后,曾一度陷入迷惘、后悔的痛苦深渊。

> 誓为天出力,疑有鬼迷魂。(《所怀》)

> 老马翻迷路,羝羊竟触藩。(《铁错》)

不久,诗人即鼓起勇气,面对现实,展开斗争。他下定"壮心万折誓东归"的决心,一定要回归南宋;他舌战群顽,怒斥敌人的不守信义,警告敌人切莫得意忘形,使敌人对文天祥极为敬佩,即《纪事》诗中所言"北方相顾称男子,似谓江南尚有人"。逃脱的机会终于出现了:

> 待船三五立江干,眼欲穿时夜渐阑。

> 若使长年期不至,江流便作汨罗看。(《候船难》)

文天祥打算继承战国时代楚国诗人屈原之志,逃归不成则投江殉国。逃走之后,元兵的追捕使他陷入险恶的境地,但是最令他痛心的是忠良被误作奸细。他来到真州城里,"约以连兵大举",意图举行武装暴动,在敌人的后背(指临安失守之初尚未沦陷的淮阴、真州等地)猛插一刀。淮东制置使李庭芝却以为文天祥是敌人派遣来的说客:

> 扬州昨夜有人来,误把忠良按剑猜。(《出真州》)

> 千金犯险出旃裘,谁料南冠反见仇。(《出真州》)

忠良被误为奸细,文天祥的中兴计划殆无实现的希望。为此,诗人发出"憔悴世间无告人"的苦叹。

流亡途中,文天祥遭到的死亡危险,竟有十八次之多,九死一生,虎口余命,但文天祥坚韧不拔,抱定"慷慨为烈士,从容为圣贤"(《高沙道中》)的牺牲决心。其中特别值得提及的两次,一次在高邮桂公塘土围歇脚时,数千敌兵过此,"几落贼手死"(《后序》)。"昼阑万骑忽东行,鼠伏荒村命羽轻。隔壁但闻风雨过,人人顾影贺更生。"(《至扬州》)要不是一场风雨的掩护,一旦被敌人发现,便无幸存的可能。另一次在高邮境内竹林避哨,遇上巡逻的敌兵,"几无所逃死"(《后序》)。随从人员或右眼中箭,或被马蹄所伤,或被刀割头发,或遭捆绑而去。文天祥以诗言志:"自古皆有死,义不污腥膻。求仁而得仁,宁怨沟壑填。"(《高沙道中》)这种为国牺牲的舍身精神值得大书一笔。

流亡途中,文天祥"穷饿无聊,追购又急,天高地迥,号呼靡及"(《后序》),他用诗行记录了自己颠沛困苦的状况,诗行中站起了一位意志坚韧不拔、屡仆屡起,与敌人迂回拼搏、勇敢奋进的民族英雄形象。

最后,《指南录》也反映了文天祥对敌人的高度蔑视,表现了我们民族的不可侮。他提及元朝时,称"北"而不称"汗",提及元朝的官员、部队人物,称虏帅、胡骑、虎、山魈、鬼、鞑子、虏、贼、罗刹、旃裘、腥膻、鸱鸮等等。

"稽首望南拜,著此泣血篇"(《高沙道中》),《指南录》是文天祥用自己的热血挥洒而成的伟大诗篇,他可歌可泣,感天动地。诗中通过记录自己九死一生的艰险经历,表现作者伟大的牺牲精神和崇高的爱国主义热忱,成为伟岸的民族英雄的悲壮心声。

无庸讳言,《指南录》存有忠君思想的痕迹。文天祥自称"忠臣"(忠臣见诮有天知),诗中有"为我王室故"一类句子。这种忠君思想是时代局限造成,必须指出来,但是,也要做些具体分析。当时民族矛盾成为社会主要矛盾。文天祥为保卫民族生存,站在忠于民族利益而不是出卖民族利益的君王一边,甚至为这样的君王献身,这也有他不能抹杀的进步的一面。如果忠君是为了出卖劳动人民利益,是为了出卖国家、民族的利益,是为了镇压劳动人民,那样的忠君是必须批判的,一无可取的。

再者,当时的君王度宗、端宗、宋朝最后一帝赵昺,虽然都是年纪很小的孩子,但是都是代表宋朝存在的政治集团,又是号召抗敌的中心力量。文天祥唱出"为我王室故"的诗句,是与民族斗争的伟大事业一致的,是与保卫祖国的最高利益相一致的,这无损于他在历史上的崇高地位,也不能降低《指南录》在中国诗史上的评价。

## 三

如果说《指南录》的思想成就犹如艺术银河系中的星辰,永放异彩,那么《指南录》的艺术成就则如艺术宫殿中的珍品,堪称典范。

文天祥是恪守民族气节的爱国志士,"从血管里出来的都是血"(鲁迅语)。爱国志士的诗首先在于具有强烈的爱国感情。诗的一字一句无不滚动着爱国热忱,所以感情充沛、气势磅礴是其诗歌艺术的第一个特色。兵迫都门时的焦急,面诟虏帅时的愤怒,数落吕氏时的憎恶,初进真州时的希望,真州被逐时的冤忿,出没长淮时的忧惧,侥幸脱险后的惊惶,渡海南归后的感叹,转战黄岩等地时的豪情,种种复杂的感情既真实又富有强烈的艺术感染力。

其次,诗篇大多运用赋的手法。作者几乎不事藻饰,不作夸张,用那直抒胸臆的诗行倾泻自己汹涌澎湃的爱国感情。作者说过动物都有自己鸣叫的声音,诗人也有自己倾吐感情的方式。他们对世界发出自己的鸣叫,引起世人的注目和共鸣①。这不是说文天祥不用比兴手法。例如:

罗刹盈庭夜色寒,人家灯火半阑珊。

梦回跳出铁门限,世上一重人鬼关。

(《脱京口·出门难》)

罗刹、人鬼关等就是比兴手法。尽管如此,我仍然认为,文天祥主要是用赋的手法抒发自己的感情和信念,这样的直抒胸臆丝毫不减弱诗的形象力量。充分显示了现实主义诗歌的强大生命力。

再次,诗篇运用了较多的历史事件和历史人物,通过比拟、映衬,加深了诗的艺术魅力,使诗的蕴蓄更为丰富,更为厚实。例如《铁错》中有句:"武夫伤铁错,达士笑金昏。"这里连用两个历史事件,一在《资治通鉴》,一在《列子》。又如《自叹》有句:"祖逖关河志,程婴社稷功。"这里

———

① 文天祥《跋周汝明〈自鸣集〉》:"天下之鸣多矣。锵锵凤鸣,雝雝雁鸣,喈喈鸡鸣,唧唧蝉鸣,呦呦鹿鸣,萧萧马鸣,无不善鸣者,而彼此不能相为,各一其性也。其于诗亦然。"

提及东晋的祖逖和春秋晋国的程婴,文天祥拿来作比喻,既在自勉,也在激励同志。文天祥用典贴切,如水中着盐,但存盐味,不见盐迹。由于诗人熟谙史事,所以信手拈来,无生凑斧凿之痕,有巧夺天工之美。

最后,整部《指南录》,在每诗前都有短小隽永的序言,或说明经过,或倾吐声情,或注明日期,或概述诗意。这样做能使这些充满爱国精神的诗篇更容易深入到广大民众中去,等于让诗篇插上翅膀,飞到民众心灵上筑巢。

写到这里,我想起文天祥在狱中写的《偶成》诗,其中有两句:"已矣已矣尚何道,犹有天地知吾心。"到如今理解文天祥这颗金石般坚定的爱国心的,不仅是天和地了,而是整个中华民族了。这是对一位爱国志士最好的报答。

1983 年 7 月 22 日夜,第三稿,无锡

## 《指南录》路线示意图

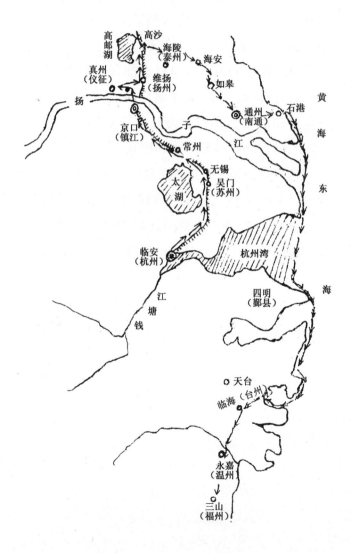

# 自　序①

　　予自吴门②，被命入卫③，守独松关④。乃王正二日⑤，除浙西大制抚⑥，领神皋⑦。予辞尹⑧，引帐兵二千人诣行在⑨。日夕赞陈枢使宜中⑩，谋迁三宫⑪，分二王于闽广⑫。元夕后⑬，予所部兵，皆聚于富阳⑭。朝廷拟除予江东西、广东西制置大使⑮，兼广东经略⑯，知广州、湖南策应大使⑰，未及出命⑱，陈枢使已去国。

　　十九日，大皇除予右丞相⑲，兼枢密使⑳，都督诸路军马㉑。时北兵驻高亭山㉒，距修门三十里㉓。是日，虏帅即引董参政㉔，以兵屯榷木教场㉕，城中兵将官，纷纷自往纳降。予欲召富阳兵入城，已不及事，三宫九庙，百万生灵，立有鱼肉之忧㉖。会使辙交驰㉗，北约当国相见。诸执政侍从，聚于吴左丞相府㉘，不知计所从出，交赞予一行㉙。国事至此，予不得爱身㉚；且意北尚可以口舌动也㉛。

　　二十日，至高亭山，诘虏帅前后失信㉜。虏帅辞屈，且谓决不动三宫九庙，决不扰京城百姓。留予营中。既而吕师孟来，予数骂其叔侄㉝，愈不放还。贾余庆者，逢迎卖国，乘风旨使代予位㉞，于是北兵入城，所以误吾国、陷吾民者，讲行无虚日㉟。北知卖国非予所容也，相戒勿令文丞相知。未几㊱，贾余庆、吴坚、谢堂、家铉翁、刘岊㊲，皆以府第为祈请使,诣北方<sup>㊳</sup>。盖空我朝廷,北将甘心焉<sup>㊴</sup>。

二月八日,诸使登舟,忽北虏遣馆伴逼予同往<sup>㊵</sup>。予被逼胁,欲即引决<sup>㊶</sup>,又念未死以前,无非报国之日,姑隐忍就船<sup>㊷</sup>。方在京时,富阳兵已退趋婺、处等州<sup>㊸</sup>,予俟间还军,苦不自脱,至是,欲从道途谋遁<sup>㊹</sup>,亦不可得。至京口<sup>㊺</sup>,留旬日<sup>㊻</sup>,始得盐商小舟,于二月晦夜走真州<sup>㊼</sup>。朔日<sup>㊽</sup>,守苗再成相见,论时事慷慨流涕。予致书两淮阃<sup>㊾</sup>,合兵兴复,苗赞之甚力<sup>㊿</sup>。

初三日早,制司人来<sup>51</sup>,乃出文书,谓丞相为赚城<sup>52</sup>,欲不利于我。苗不以为然,送予出门,劝奔淮西。予谓此北反间也<sup>53</sup>,否则托辞以逐客也<sup>54</sup>。李公仁人,使见予,必感动,遂之维扬<sup>55</sup>。苗遣五十兵四骑从行。夜抵西门<sup>56</sup>,欲待旦求见。呵卫严密<sup>57</sup>,鼓角悲惨<sup>58</sup>,杜架阁谓李公必不可见,徒为矢石所陷;不如渡海,归从王室。予然之。自是日夜奔南,出入北冲<sup>59</sup>,犯万万死<sup>60</sup>,道途苦难,不可胜述。

呜呼,予之得至淮也,使予与两淮合,北虏悬军深入,犯兵家大忌,可以计擒,江南一举而遂定也<sup>61</sup>。天时不齐<sup>62</sup>,人事好乖<sup>63</sup>,一夫顿困不足道,而国事不竞<sup>64</sup>,哀哉!

予至通<sup>65</sup>,闻二王建元帅府于永嘉<sup>66</sup>,陈枢使与张少保世杰,方以李、郭之事为己任<sup>67</sup>,狼狈憔悴之余<sup>68</sup>,喜不自制,跋涉鲸波<sup>69</sup>,将蹑屩以从<sup>70</sup>。意者,天之所以穷饿困乏而拂乱之者,其将有所俟乎<sup>71</sup>!

德祐二年闰月日<sup>72</sup>,庐陵文天祥自序。

① 自序：同"自叙"，意即叙述自己生平的文章，与今日之自序意义不同。汉代司马迁著《史记》，作《太史公自序》，自序亦此意。

② 吴门：指苏州。为春秋时代吴国故地，故称。

③ 被命入卫：受宋恭帝之命赴京城临安担任守卫。

④ 独松关：今浙江省安吉县东南四十五里，是京城临安的屏障之地，文天祥守卫于此，在德祐元年(1275)十一月。

⑤ 乃：是，就是。王正：王朝钦定历法的正月。

⑥ 除：言免去旧职，授予新职。大制抚：是南宋行政区划路的军政长官，有统率兵马、赏罚官吏、发布命令、督理刑狱、稽校钱粮兵器等权限。

⑦ 神皋：指京畿之地。

⑧ 尹：通称官职。

⑨ 帐兵：营帐下原有的兵士。诣：往、到。行在：天子(帝王)外出巡幸所住的地方。这里指南宋都城临安。

⑩ 陈枢使宜中：陈宜中，浙江永嘉(今浙江温州)人。德祐初年，知枢密院，拜为右丞相。益王立，复以为左丞相。井澳兵败，欲奉益王走占城(今四川茂县)，后丢下益王先走占城。占城陷落，陈又走暹罗(今泰国)，后死在那里。

⑪ 三宫：即皇帝、太后、皇后。

⑫ 二王：指度宗的两个儿子赵昰(后即位，称宋端宗)和赵昺。以德祐为年号的宋恭帝也是度宗的儿子。

⑬ 元夕：正月十五日元宵节。

⑭ 富阳：地名，今浙江富阳。

⑮ 制置大使：制置使掌理边防军事，捍卫疆土，多兼经略使。权任特重的称制置大使。

⑯ 经略：经略安抚使的简称。宋代官职，掌管一个路的军政之事，多以制置使兼任。

⑰ 知：掌管。策应大使：官名。军队中调配指挥军队、使之相互呼应作战的官员。

⑱ 出命：颁发任命。

⑲ 右丞相：官名，掌管国家政务的重臣。

⑳ 枢密使：官名。职掌军权，统率全国军队，为武臣之首。按宋例，丞相兼任枢密使。

㉑ 路：行政区划名，相当于现在的省区。

㉒ 北兵：即元兵。当文天祥写作此文时，元朝尚未建立。不过，元朝建立后，文天祥不称元仍称北，表明他的民族气节。高亭山：又称皋亭山，在今杭州城北三十里，据文天祥《纪年录》记载，伯颜进驻高亭山，是在德祐二年正月十八日。

㉓ 修门：南宋国都临安的城门。

㉔ 虏帅：元兵的将领。虏，有鄙视的意味。这里指元兵统帅伯颜。董参政：董文炳，河北藁城人。原为宋将，后降元，在伯颜帐下任行军参谋。其父也是降元将领。

㉕ 教场：操练和检阅军队的场地。

㉖ 鱼肉：如同砧板上的鱼或肉，喻随时可以被任意残害。《史记·项羽本纪》："如今人方为刀俎，我为鱼肉，何辞为？"

㉗ 会：适逢。使辙交驰：双方互派使者的车马往来频繁。辙，车轮辗过的痕迹。这里指代车马。

㉘ 吴左丞相府：吴坚家中。

㉙ "交赞"句：交口推荐我出使一趟。

㉚ 爱：顾惜。

㉛ "且意"句：并且料想元人也还可以被说服退兵。

㉜ "诘虏帅"句：文天祥和贾余庆等人赴高亭山元人兵营中谈判，说定事情办完让文天祥等人回去。这时宋朝背着文天祥把降表呈元，元军把贾余庆放还，却扣留了文天祥。天祥当场质问元人不守信义，扣留宋朝丞相。详见《指南录》卷一

《纪事》(第一、二篇)。

㉝ "予数骂"句:我数落责骂吕师孟及其叔吕文焕投降叛国的无耻行径。数,数落责骂并列举罪过。吕文焕是湖北襄阳守将,襄阳陷没,吕文焕投降,且引军沿江东下,而又南进攻打南宋国都临安。吕师孟身为南宋兵部尚书,到元求和,自称侄孙。详见《指南录》卷一《纪事》(第三篇)。

㉞ 贾余庆:官同签书枢密院事,知临安府,随同文天祥出使,却背着文天祥向元军纳款投降。贾余庆被放归,做了右丞相。逢迎卖国:贾余庆的卖国行径有:一、以宋朝降表呈元。二、开国都临安城门以迎降。《指南录》卷一《纪事》(第一篇)诗序说:"及予既萦维,贾余庆以逢迎继之,而国事遂不可收拾。"逢迎,迎合,奉承。乘:利,凭借。风旨:皇帝的意图、主张。

㉟ 讲行:谋议和实施。无虚日:没有一天空着。意即天天如此。

㊱ 未几:没有多久。指德祐二年二月初六日。

㊲ 贾余庆、吴坚、谢堂、家铉翁、刘岊:均为朝廷重臣。贾余庆是右丞相,吴坚是左丞相,谢堂是枢密使,家铉翁是参政,刘岊(jié)是同知。吴坚因年老有病而求免,许之;上船那天,又被伯颜逼迫上船同去大都,详见《指南录》卷一《使北》诗序。

㊳ 府第:贵族、官僚的住宅。此处代指官宦人家。祈请使:请求投降的使者。诣北方:即前往北方元人国都大都(今北京)。

㊴ 甘心:快意。

㊵ 逼予同往:逼迫文天祥同去。时在德祐二年二月初八日。见《指南录》卷一《使北》诗序。

㊶ 引决:自杀。

㊷ 隐忍:克制忍耐,不露真情,《史记·伍子胥列传》:"方子胥窘于江上,道乞食,志岂尝须臾忘郢邪?故隐忍就功名,非烈丈夫孰能致此哉?"

㊸ 婺:婺州,即今浙江省金华市。处:处州,即今浙江省丽水县。
㊹ 遁:逃跑。
㊺ 京口:地名。今江苏镇江市。
㊻ 旬日:十天。
㊼ 晦:阴历每月的最后一天。真州:地名。今江苏仪征市。
㊽ 朔日:阴历每月的第一天。
㊾ 两淮阃:淮东制置使李庭芝和淮西制置使夏贵。阃(kǔn),原义为郭门。此处代指将帅。《史记·冯唐传》:"上古王者之遣将也,跪而推毂(gǔ 车轮)曰:'阃以内者寡人制之,阃以外者将军制之。'"
㊿ "苗赞之"句:南宋将领苗再成协助文天祥很得力。赞,协助。文天祥在苏北流亡途中来到真州守将苗再成府邸,商议图谋民族复兴的计划甚为详细。见《指南录》卷三《议纠合两淮复兴》。
(51) 制司:即淮东制置使李庭芝官府。
(52) 赚城:骗取城池。详见《指南录》卷三《出真州》。
(53) 反间:用兵计策之一。利用对方的间谍以离间对方,引起对方内讧。
(54) 托辞:找借口。逐客:原指驱逐异国的说客。《史记·李斯列传》:"今逐客以资敌国,损民以益仇,内自虏而外树怨于诸侯,求国无危,不可得也。秦王乃除逐客之令。"后泛称赶走客人为逐客。
(55) 遂之维扬:就到扬州去。之,往,至。维扬,古地名,今江苏扬州市。
(56) 夜抵西门:深夜三更时到达扬州西门外,时在二月初三日。见《指南录》卷三《至扬州》。
(57) 呵卫:警戒防卫。
(58) 鼓角:战鼓与号角,军中用来传号令、壮军威。杜甫《阁夜》

诗:"五更鼓角声悲壮,三峡星河影动摇。"

㉟ 北冲:元人占据的战略要地。

㉠ 犯万万死:冒着万万次死亡的危险。

㉡ "江南"句:凭此一举,江南就可以收复了。

㉢ 天时不齐:谓外部条件不齐备。

㉣ 人事好乖:这里指真州守将苗再成对文天祥忽生猜疑,并驱逐他出城。乖,背离。

㉤ 不竞:不强,不振。

㉥ 通:通州,今江苏南通市。

㉦ 永嘉:地名。今浙江省温州。1276年3月,宋端宗(赵昰)在永嘉江心寺建立帅府,奉赵昰为天下兵马都元帅,赵昺任副职。

㉧ "陈枢使"二句:谓陈宜中、张世杰以唐代李光弼、郭子仪为榜样,以光复帝业为己任。陈枢使,陈宜中,字与权,永嘉人。景定三年进士。曾任右丞相兼枢密使。张少保,涿州范阳县人。宋末抗元名将。曾任制置副使、检校少保等职。李、郭,李光弼、郭子仪,均为唐代中兴名臣。

㉨ 憔悴:面容又黄又瘦。

㉩ 鲸波:巨浪。鲸,鲸鱼,体型庞大,能掀起巨浪。

㉪ 蹑屩(niè jué):穿草鞋。蹑,穿鞋。屩,草鞋。《史记·虞卿传》:"虞卿者,游说之士也。蹑屩担簦,说赵孝成王。"

㉫ "天之"二句:老天让我备受艰难挫折的原因,恐怕是对我有所期待吧。语出《孟子·告子》:"故天将降大任于是人也,必先苦其心志,劳其筋骨,饿其体肤,空乏其身,行拂乱其所为。"俟(sì):期待。

㉬ 德祐二年:公元1276年。德祐,宋恭帝年号。闰月:此指闰三月。

# 后　序

　　德祐二年二月十九日①，予除右丞相兼枢密使，都督诸路军马②。时北兵已迫修门外③，战、守、迁皆不及施④。缙绅、大夫、士萃于左丞相府⑤，莫知计所出。会使辙交驰⑥，北邀当国者相见⑦，众谓予一行为可以纾祸⑧。国事至此，予不得爱身；意北亦尚可以口舌动也。初，奉使往来，无留北者，予更欲一觇北⑨，归而求救国之策。于是辞相印不拜⑩。翌日⑪，以资政殿学士行⑫。

　　初至北营，抗辞慷慨，上下颇惊动，北亦未敢遽轻吾国⑬。不幸吕师孟构恶于前⑭，贾余庆献谄于后⑮，予羁縻不得还，国事遂不可收拾⑯。予自度不得脱⑰，则直前诟虏帅失信⑱，数吕师孟叔侄为逆⑲，但欲求死，不复顾利害⑳。北虽貌敬㉑，实则愤怒。二贵酋名曰馆伴㉒，夜则以兵围所寓舍㉓，而予不得归矣。

　　未几，贾余庆等以祈请使诣北㉔；北驱予并往㉕，而不在使者之目㉖。予分当引决㉗，然而隐忍以行㉘。昔人云："将以有为也。"㉙至京口㉚，得间奔真州㉛，即具以北虚实告东西二阃㉜，约以连兵大举。中兴机会㉝，庶几在此㉞。留二日，维扬帅下逐客之令㉟。不得已，变姓名㊱，诡踪迹㊲，草行露宿㊳，日与北骑相出没于长淮间㊴。穷饿无

008

聊⁴⁰，追购又急⁴¹，天高地迥⁴²，号呼靡及⁴³。已而得舟⁴⁴，避渚洲⁴⁵，出北海⁴⁶，然后渡扬子江⁴⁷，入苏州洋，展转四明、天台⁴⁸，以至于永嘉⁴⁹。

呜呼⁵⁰！予之及于死者不知其几矣⁵¹！诋大酋当死⁵²；骂逆贼当死⁵³；与贵酋处二十日⁵⁴，争曲直屡当死⁵⁵；去京口⁵⁶，挟匕首以备不测⁵⁷，几自刭死⁵⁸；经北舰十余里，为巡船所物色⁵⁹，几从鱼腹死⁶⁰；真州逐之城门外，几彷徨死⁶¹；如扬州⁶²，过瓜洲、扬子桥⁶³，竟使遇哨⁶⁴，无不死；扬州城下，进退不由⁶⁵，殆例送死⁶⁶；坐桂公塘土围中⁶⁷，骑数千过其门，几落贼手死；贾家庄几为巡徼所陵迫死⁶⁸；夜趋高邮⁶⁹，迷失道，几陷死⁷⁰；质明⁷¹，避哨竹林中⁷²，逻者数十骑，几无所逃死；至高邮，制府檄下⁷³，几以捕系死⁷⁴；行城子河⁷⁵，出入乱尸中⁷⁶，舟与哨相后先，几邂逅死⁷⁷；至海陵，如高沙⁷⁸，常恐无辜死⁷⁹；道海安、如皋⁸⁰，凡三百里，北与寇往来其间⁸¹，无日而非可死；至通州⁸²，几以不纳死⁸³；以小舟涉鲸波⁸⁴，出无可奈何⁸⁵，而死固付之度外矣⁸⁶！呜呼！死生，昼夜事也⁸⁷，死而死矣⁸⁸；而境界危恶⁸⁹，层见错出⁹⁰，非人世所堪⁹¹。痛定思痛⁹²，痛何如哉⁹³！

予在患难中⁹⁴，间以诗记所遭⁹⁵，今存其本⁹⁶，不忍废，道中手自抄录⁹⁷：使北营，留北关外⁹⁸，为一卷；发北关外，历吴门、毗陵⁹⁹，渡瓜洲，复还京口，为一卷；脱京口¹⁰⁰，趋真州、扬州、高邮、泰州、通州，为一卷；自海道至永嘉，来三山¹⁰¹，为一卷。将藏之于家，使来者读之¹⁰²，悲予志焉¹⁰³。

呜呼！予之生也幸¹⁰⁴，而幸生也何为¹⁰⁵？所求乎为臣，主辱，臣死有余僇⑩；所求乎为子，以父母之遗体⑩，行殆而死有余责⑩。将请罪于君，君不许⑩；请罪于母，母不许⑩；请罪于先人之墓⑪。生无以救国难，死犹为厉鬼以击贼⑫，义也。赖天之灵，宗庙之福，修我戈矛，从王于师，以为前驱⑬，雪九庙之耻，复高祖之业⑭。所谓誓不与贼俱生，所谓鞠躬尽力，死而后已⑮，亦义也。嗟夫，若予者，将无往而不得死所矣⑯。向也使予委骨于草莽⑰，予虽浩然无所愧怍，然微以自文于君亲，君亲其谓予何⑱？诚不自意返吾衣冠，重见日月⑲，使旦夕得正丘首，复何憾哉⑳，复何憾哉！

　　是年夏五㉑，改元景炎㉒，庐陵文天祥自序其诗㉓，名曰《指南录》㉔。


① 德祐二年：见上篇注㊼。二月：据《指南录》卷一《纪事》诗小序及《宋史·瀛国公本纪》应作正月。

② 路：见上篇注㉑。

③ 迫：逼近。司马迁《报任少卿书》："涉旬月，迫季冬。"

④ "战、守、迁"句：敌兵迫近国都，情势紧急，应战、守城、迁都等均来不及了。

⑤ 缙绅：原意是插笏版于带，旧时官宦的装束，借示士大夫。缙，也写作"搢"，插。绅，束在衣服外面的大带子。萃：聚集。左丞相府：吴坚的府邸。

⑥ "会使辙"句：见上篇注㉗。

⑦ "北邀"句：元朝方面邀请南宋政府的最高执政官。北，文天祥对元朝的鄙称。

⑧ "谓……为……"：即"认为……是……"。可以纾祸：可因此解除国家祸难。纾，解除。

⑨ 觇(chān)：暗中探察。

⑩ "辞相印"句：未接受丞相的印信，推辞不就任。不拜，不受官职。

⑪ 翌日：次日，第二天。

⑫ "以资政殿"句：凭着资政殿学士的身份出发。资政殿学士，掌出入侍从，以备顾问。这是给文天祥的荣誉性官衔。

⑬ 遽轻：马上轻视。遽(jù)，立刻，马上。

⑭ "吕师孟"句：吕师孟是襄阳守将吕文焕的侄子。吕文焕降敌，引元兵南下。后来吕师孟又任南宋兵部侍郎，出使元营，纳币自称侄孙，并带去降表呈给元朝。这些坏事都做在文天祥出使北营谈判前个把月。构恶：作恶。

⑮ "贾余庆"句：贾余庆随同文天祥出使谈判，但他与左丞相吴坚、枢密使谢堂等背着文天祥向元军纳款投降，并向元军献策把文天祥囚禁于沙漠中，故称"献谄诸后"。

⑯ "国事"句：指元兵已进国都临安城，宋恭帝又被俘虏北去。

⑰ 度：猜想，估计。

⑱ 诟虏帅：责骂元兵首领。虏帅，指伯颜。

⑲ "数吕师孟"句：数落吕文焕、吕师孟叔侄俩叛逆误国。数，列举罪过的意思。

⑳ 利害：指个人的安危。

㉑ 貌敬：外表上表示尊敬。

㉒ 贵酋：指元方的贵官。酋(qiú)，称元人的官为酋，有鄙视意味。这里指元军的两头目唆都和忙古歹。参见《指南录》卷一《二王》。名曰馆伴：名义上是宾馆的陪伴。实质上是来监视的人。

㉓ 围所寓舍：包围文天祥住宿的宾馆。

㉔ "贾余庆"句：共五人，是贾余庆、吴坚、谢堂、家铉翁、刘岊。

祈请使：见上篇注㊳。北，这里指元人国都大都（今北京）。

㉕ "北驱"句：元朝也驱赶文天祥一同前往大都。

㉖ "不在"句：不在祈请使的名单中。实际上把文天祥当作俘虏押解去大都。

㉗ 分当引决：按理应当自杀。分（fèn），本分。

㉘ 隐忍以行：克制忍耐而随行。参见《指南录》卷一《使北》。

㉙ "将以"句：语出唐代韩愈《张中丞传后序》张巡与南霁云被俘，将被斩决。张巡激励南霁云一同赴死，"南八，男儿死耳，不可为不义屈。"云笑曰："欲将以有为也。公有言，云敢不死！"即不屈。文天祥引用这句话，是说明自己没有自杀，意在图谋民族中兴的大举。又一说，出《李陵答苏武书》："然陵不死者，将有所为也。"

㉚ 京口：今江苏镇江市，当时为元军占领。文天祥是二月十八日到达京口。

㉛ "得间"句：得到机会逃奔真州。间，机会、空子。真州，今江苏仪征，当时仍为宋军把守。

㉜ "即具以"句：就全部把元兵营的虚实情形告诉给东阃李庭芝、西阃夏贵。东西二阃，指淮东制置使和淮西制置使。制置使是主管军务的地方军事长官。

㉝ 中兴：民族、国家由衰落而转变为兴盛。

㉞ 庶几：几乎、大概。

㉟ "维扬帅"句：扬州长官李庭芝下达逐客的命令。意思要杀文天祥。维扬即扬州。李庭芝的淮东幕府即在扬州。文天祥逃到真州，真州守将与文天祥详细讨论在苏北未沦陷的地区扬州一带发动军民抗元的计划。与此同时，李庭芝误信谣传，认为文天祥到真州赚城说降，下令给苗再成杀死文天祥，苗再成觉得文天祥一片忠义，不忍杀害，即假意请文天祥到城外察看守备设施，欲把文天祥关在城外。文天祥本想到维

扬李庭芝面前辩白,走到维扬城外,听到李庭芝"下令捕文丞相甚急"的消息,于是化名刘洙逃走,准备走海路南奔。

㊱ "不得已"二句:没有(其他)办法,改变姓名。文天祥化名清江人刘洙。清江即今江苏淮阴市。

㊲ 诡踪迹:隐蔽行踪,不让人知道去向。文天祥曾经化装逃奔。

㊳ 草行露宿:在草丛中走,在夜露中宿。

㊴ 出没:出现和隐没。长淮,指淮河地区。

㊵ 穷饿无聊:又困窘又饥饿,无所依赖。

㊶ 追购:悬赏追捕。这是指李庭芝追购文天祥,非元人追购文天祥。

㊷ 天高地迥:天高地远。迥,远。

㊸ 号呼靡及:哭号、呼救都无用。靡,无。

㊹ 已而得舟:不久,得到一条船。这是一条装载生姜的船,从浙江台州来的。见《指南录》卷四《海船》。

㊺ 避渚洲:避开水中沙洲。因沙洲已被敌兵占领。渚,水中陆地。

㊻ 北海:扬子江口以北的海。今属黄海。

㊼ 扬子江:长江在江都县至镇江之间一段古称扬子江,因其地古代有扬子津,因而得名。

㊽ 展转:辗转,迂回反复。四明:地名,今浙江宁波。天台:地名,今浙江天台县。

㊾ 永嘉:今浙江温州。

㊿ 呜呼:表示感叹的语气词,相当于"唉"。

51 "予之"句:我到达死亡危险的境地不知有多少次了。者,代指情形、境地。

52 诋大酋:指上文提及的"诟虏帅失信"。诋,责骂。大酋,指异族将领。

53 骂逆贼:即上文的"数吕师孟叔侄为逆"。

(54) 贵酋：即上文所谓"馆伴"。二十日：正月二十日到北营，二月
初九日，离开北营去大都，恰好二十天。

(55) 曲直：是非、善恶。《史记·李斯列传》："今取人则不然，不问
可否，不论曲直，非秦者去，为客者逐。"

(56) 去：离开。

(57) "挟匕首"句：佩带短剑以防料想不到的危险。

(58) 自刭：自己刎颈。参见《指南录》卷三《定计难》。

(59) 物色：搜捕。

(60) "几从"句：几乎葬身于鱼腹而死。即淹水死河中。

(61) 几彷徨死：几乎因犹豫不决而死。见《指南录》卷三《出真州》。

(62) 如：往。

(63) 瓜洲：地名。在江苏扬州南长江边。扬子桥：在江都县南十
五里，即扬子津，自古为江滨津要。参见《指南录》卷三《出真
州》第十二首。

(64) 竟使遇哨：假使遇上元人哨兵。

(65) 进退不由：进退不能自主。

(66) 殆例送死：几乎照例去送死。殆：几乎。参见《指南录》卷三
《至扬州》。

(67) "坐桂公塘"句：在桂公塘土围墙中坐，躲避元人巡逻兵。时
在三月初四早上。桂公塘，在高邮境内。土围，即无檐无瓦
无屋顶的房墙。参见《指南录》卷三《至扬州》。

(68) "贾家庄"句：在贾家庄几乎被扬州李庭芝的巡逻兵凌侮逼迫
而死。时在三月初五日。贾家庄，在扬州城北。巡徼（jiào），
巡逻。此指巡逻兵。陵，通"凌"，欺侮。参见《指南录》卷三
《扬州地方官》。

(69) 夜趋高邮：夜里逃奔高邮。

(70) "迷失"二句：迷路不知方向，几陷于烂泥中死。据《指南录·
高沙道中》载："至板桥，迷失道，一夕（整夜）行田畈中，不知

东西,风露满身,人马饥乏,且行雾中不相辨。"

⑦ 质明:天刚亮的时候。质,正。《仪礼·士冠礼》:"宰告曰:
'质明行事'"郑玄注:质,正也。

⑦ "避哨"句:在竹林中躲避李庭芝的哨兵。参见《指南录》卷三
《高沙道中》。

⑦ 制府檄下:制置使李庭芝捕捉文天祥的文告下达。檄,文告,
告示。文天祥是在三月初六日到达高邮,初七日离开高邮。
参见《指南录》卷三《至高沙》。

⑦ 捕系:逮捕拘系。

⑦ 城子河:在高邮东南的一条内河。

⑦ "出入"句:在混乱的兵士死尸中行进。因为三月初六日,宋
朝军队与元兵在城子河交战,大败,死伤惨重。参见《指南
录》卷三《发高沙》。

⑦ "舟与哨"二句:文天祥乘坐的船与元人哨兵一前一后地行
进,几乎不期而遇而被杀死。邂逅,不期而遇。

⑦ 海陵:地名。今江苏泰州。如高沙:如同在高沙时那样。高
沙,即高邮。有些教材将"如"解释为去、往,变成到达海陵,
又折回高沙,显然理解错误。

⑦ "常恐"句:常常担心自己无罪而死。无辜,无罪无过。

⑧ 道:经过;取道。海安:地名,今江苏海安。如皋:地名,今江
苏如皋。

⑧ 寇:土匪。

⑧ 通州:地名。今江苏南通。

⑧ "几以"句:几乎因为通州守杨师亮不肯收容而死。

⑧ 小舟:小船。是一艘贩盐的商船。参见《指南录》卷四《海船》
诗。涉鲸波:冒着巨浪航行。鲸波,巨浪。

⑧ 出无可奈何:出于实在没有办法。

⑧ "而死"句:本来就把个人生命的死亡置于脑后了。

(87) “死生”二句：死亡，在白天黑夜是随时可以遭遇到的。死生，偏义复词，仅有死亡意思。

(88) 死而死矣：死了就死了。

(89) 境界：处境。

(90) 层见错出：反复交迭出现。见，同“现”。

(91) 非人世所堪：不是人生所能忍受得了的。堪，忍受。

(92) 痛定思痛：悲痛已经平息下去了，回想当时的悲痛。语出韩愈《与李翱书》：“如痛定之人，思当痛之时，不知何能自处也。”

(93) 痛何如哉：多么悲痛啊。何如，多么。

(94) 患难中：指德祐二年正月二十日出使北营，到四月初八日到达永嘉（温州）这一段时间的患难生活。

(95) 间：有时，间或。

(96) 本：指《指南录》诗集的稿本。

(97) 手自：亲手。

(98) 留北关外：被元兵拘押在临安北关外。

(99) 毗陵：地名。今江苏常州。宋有毗陵郡。

(100) 脱：逃出。

(101) 三山：地名。今福建福州。

(102) 来者：后代的人。

(103) 悲予志焉：为我的抗元救国之志向（没有实现）而悲痛。

(104) “予之”句：我能活下来也是幸运。

(105) 幸生也何为：幸运地活下来要干什么呢？

(106) “主辱”二句：如果国君受辱，而臣僚苟且偷生，那么死了还有余辜。僇（lù），同“戮”，谓刑戮，引申为罪过。

(107) 父母之遗体：古人以为儿女是父母留下的身体。《礼记·祭义》：“曾子曰：身也者，父母之遗体也。”

(108) 行殆：冒险行事。《礼记·祭义》：“壹举足而不敢忘父母，是故道而不径,舟而不游,不敢以先父母之遗体行殆。"死有余责:死了还有多余的罪责,即死有余辜。责,罪责。

⑩⑨ "将请罪"二句:将向国君请罪,国君不会答应。

⑩⑩ "请罪"二句:我向母亲请罪,母亲不会答应。这时文天祥的母曾氏还健在,父革斋先生已经于宝祐四年逝世。

⑪⑪ "请罪"句:向祖先的墓前请罪。先人:去世了的上辈人。

⑪⑫ "生无以"二句:活着没有办法挽救国家危难,死了还要做个凶鬼去打击敌人。厉鬼,凶恶之鬼。

⑪⑬ "赖天之灵"五句:依靠上天的神灵及国君先祖留下的福泽,修理戈和矛等兵器,随从君王出征,做个冲锋陷阵的先锋。"修我戈矛,从君王师"语出《诗经·秦风·无衣》:"王于兴师,修我戈矛,与子同仇。"

⑪⑭ "雪九庙"二句:洗雪国家遭受的耻辱,恢复宋朝开国君主开创的帝业。九庙,指帝王的宗庙。高祖,此处泛指开国创业的君主。

⑪⑮ "鞠躬"二句:活着就恭敬谨慎,竭尽自己的全部心力,直到死了才罢。语出诸葛亮《后出师表》:"鞠躬尽瘁,死而后已。"

⑪⑯ "将无往"句:将无处不可以是我死的地方。

⑪⑰ "向也"句:原先假如让我死在荒野里。指死在苏北逃亡途中。参见《指南录》卷三《至高沙》:"使果不免,委骨草莽,谁复知之。"

⑪⑱ "予虽"三句:我虽然正气凛然,无所惭愧,但是我不能以此在君主和亲人面前掩饰自己的过错,他们将会怎样地数说我啊！怍,惭愧。微,通"非",不能。文,掩饰。

⑪⑲ "诚不"二句:确实想不到能重新回南宋朝廷,重新朝见君王。返衣冠,谓穿上原来的官服,回朝任职。日月,指皇帝与皇后。皇帝为宋端宗(赵昰)。

⑫⑳ "使旦夕"句:即使马上死在自己国土上,还有什么遗憾呢。

正丘首,语出《礼记·檀弓》"古之人有言曰:'狐死正丘首,仁也'"据说狐狸爱其巢穴,临死会把头朝向巢穴的土丘。以后"正丘首"比喻死于故乡。

⑫ 夏五:阴历五月。

⑫ 改元景炎:宋恭帝赵㬎降元之后,赵昰即位,称端宗,改年号景炎,时在公元1276年,赵昰这年八岁。

⑫ "庐陵"句:庐陵人文天祥为自己的诗集作序。从这句话可以看出只有这一篇才是文天祥专为《指南录》诗集写的序言,而《自序》则是篇自传文章,非序。庐陵,地名,今江西省吉安县,文天祥故乡。

⑫ 指南录:诗集命名为《指南录》,谓自己像指南针一样心向宋朝政府。《指南录》卷四《扬子江》诗中写道:"臣心一片磁针石,不指南方不肯休。"这是《指南录》诗集名称的最好注脚。

# 卷之一

　　第一卷的内容,据《指南录·后序》说:"使北营,留北关外为一卷。"写文天祥于德祐二年(1276)正月二十日出使北营谈判,要求元兵从临安(今杭州)城外撤走,被元兵头目伯颜无理扣留在南宋都城临安北郊皋亭山兵营中,直到二月初七日又被强迫遣往元人都城大都(今北京)求和的前夕。第一卷共有诗十八题,三十五首。

## 赴　阙①

楚月穿春袖②,吴霜透晓鞯③。

壮心欲填海④,苦胆为忧天⑤。

役役惭金注⑥,悠悠叹瓦全⑦。

丈夫竟何事,一日定千年⑧。

---

① 赴阙(quē):入朝。指陛见皇帝。阙,皇帝所居的地方。文天祥《纪年录》载:文天祥于德祐元年(1275)八月至阙下,驻兵

西湖上，接受诏命。

② "楚月"句：楚地的月色明朗，穿透照亮春衫。文天祥于德祐元年(1275)四月从吉州起兵勤王，正值春天。

③ "吴霜"句：吴地的秋霜寒意透及马鞍垫子。吴，此指南宋都城临安(今杭州)。鞯，马鞍下的衬垫。文天祥到达临安已是秋八月。唐代李贺诗："吴霜点归鬓。"

④ "壮心"句：其志壮烈几乎可填没大海，形容雄心壮志全在挽救宋朝。填海，据《山海经·北山经》记载，炎帝的小女儿名女娃，游于东海而溺死，化为精卫鸟，常衔西山之木石，以填东海。

⑤ "苦胆"句：一片苦心全在于为宋朝忧虑。苦胆，事见《史记·越王勾践世家》，越王勾践被吴王夫差挫败俘虏后，卧薪尝苦胆，蓄志复仇，终于成功。

⑥ "役役"句：辛辛苦苦，却劳而无功，很羞愧自己下错了赌注。意即不该出使北营。金注，典出《庄子·达生》："以瓦注者巧，以钩注者惮，以黄金注者殙。"

⑦ 瓦全：喻投降元朝的南宋官员苟活求全。元代景皓说："大丈夫宁可玉碎，不能瓦全。"

⑧ "丈夫"二句：大丈夫干什么事呢？就是要使千年江山，定于一日。表达诗人慨然报国的壮志。

# 所　怀

予自高亭山①，为北所留，深悔一出之误。闻故人刘小村、陈蒲塘引兵而南②，流涕不自堪③。

**只把初心看④，休将近事论⑤。**

誓为天出力，疑有鬼迷魂⑥。

明月夜推枕⑦，春风昼闭门⑧。

故人万山外⑨，俯仰向谁言⑩。

① 高亭山：又作皋亭山，在临安北郊三十里。元军于德祐二年（1276）正月十八日进驻高亭山。文天祥于正月二十日赴高亭山北营谈判，被元军头目伯颜扣留于此。

② 故人：老朋友。刘小村：名洙，字渊伯，庐陵富川锦溪人，文天祥同乡。曾任宣教郎、督府机宜。本书第二卷有《思小村》诗，第四卷有《呈小村》诗。陈蒲塘：文天祥同乡，生平不详。

③ "流涕"句：流下眼泪，痛苦难以忍受。

④ 初心：最初的心意。指以身许国的心。《后序》中说的"国事至此，予不得爱身。"

⑤ 近事：指出使被扣留。

⑥ "疑有"句：好像有迷魂鬼指使，使我错误出使北营谈判。

⑦ "明月"句：月明之夜难以入睡而起床。白居易诗："揽衣推枕起徘徊。"

⑧ "春风"句：门闭被关押，但白天门外春风习习，却不得自由，不能享受春风的吹拂。写诗人被拘留的痛苦心情。

⑨ "故人"句：刘小村、陈蒲塘二人领兵南奔福建南剑一带地区，所以说在"万山外"，相隔很远。

⑩ 俯仰：低头与抬头。

# 自　叹

正月十三夜，予闻陈枢使将以十五日会伯颜于长堰①,予力言不可。陈枢使为尼此行②,予自知非不明,后卒自蹈③,殊不可晓也。

> 长安不可诣④,何故会高亭⑤。
> 倦鸟非无翼⑥,神龟弗自灵⑦。
> 乾坤增感慨⑧,身世付飘零。
> 回首西湖晓⑨,雨余山更青。

① 陈枢使:即陈宜中,时任枢密使,掌管全国各路兵权。以:于,在。伯颜:本为宋将领,后降元,并沿江东下,直逼南宋国都临安。《后序》中所称"虏帅",多指他。长堰:地名,即长安堰,在临安城北六十里。宋代毛渐任江东两浙转运副使时所筑。

② 尼:阻止。《孟子·梁惠王(下)》:"行,或使之;止,或尼之。"

③ 卒自蹈:谓最终却仍去北营谈判。自蹈,自己踏上去。

④ 长安:即长安堰。诣:往、到。

⑤ 高亭:即高亭山,又作皋亭山。元人兵营在此。

⑥ "倦鸟"句:谓像疲倦的鸟儿,但翅膀还在。喻抗元的力量尚存。

⑦ "神龟"句:谓神龟虽有灵性,却免不了被人捕获。典出《庄子·杂篇·外物》。此处作者自喻,谓出使被扣留。

⑧ 乾坤:天和地。

⑨ 回首:回顾。

# 铁　错①

貔貅十万众②,日夜望南辕③。

老马翻迷路④，羝羊竟触藩⑤。

武夫伤铁错，达士笑金昏⑥。

单骑见回纥，汾阳岂易言⑦。

① 铁错：无法挽回损失的严重错误。《资治通鉴》卷二六五《唐纪》八十一载：罗绍威既诛牙军，虽去其逼，而魏兵自此衰弱。绍威悔曰："合六州四十三县铁，不能铸此错也。"

② 貔貅：似虎似熊的一种猛兽。古代以比喻勇猛的军队。此指文天祥所率的军队。《晋书·熊远传》上疏："今顺天下之心，命貔貅之士，鸣檄前驱，大军后至，威风赫然。"

③ "日夜"句：日夜盼望回归宋朝去指挥这些兵马抗击侵略者。南辕，车向南行。辕，车前驾牲口的两根直木。车往哪个方向行，辕就朝着哪个方向。

④ "老马"句：《韩非子·说林》："管仲、隰朋从桓公而伐孤竹，春往冬反，迷惑失道。管仲曰：'老马之智可用也。'乃放老马而随之，遂得道。"这里喻自己虽似老马，却迷失道路，错误去北营谈判。

⑤ "羝羊"句：公羊羊角触篱笆不能自退。羝，雄性的羊。藩，篱笆。《周易·大壮》："羝羊触藩，不能退，不能遂。"唐代李白《留别于十一兄逖裴十三游塞垣》："天张云卷有时节，吾徒莫叹羝触藩。"

⑥ 金昏：典出《庄子·达生》："以瓦注者巧，以钩注者惮，以黄金注者殙。"意谓出使北营是下错了赌注。

⑦ "单骑"二句：据《新唐书·郭子仪传》记载，唐代将军郭子仪封为汾阳郡王。回纥人南侵，郭子仪仅率领数十骑兵赴敌，脱下头盔见回纥首领。回纥人大受感动，都抛下武器，拜见郭子仪说："你是我们的生身父亲。"从此唐朝廷和回纥亲如

兄弟。这里两句是说郭子仪单身去见敌人回纥，结为兄弟，难道是一句容易的话吗？比喻作者不如郭子仪有和解谈判的本事。

# 和"言"字韵

予以议论大烈①，北愈疑惮②，不得归阙③。将校官属④，日有叛去，世道可叹。

> 悠悠天地阔，世事与谁论。
> 清夜为挥涕⑤，白云空断魂⑥。
> 死生苏子节⑦，贵贱翟公门⑧。
> 前辈如瓶戒，无言胜有言⑨。

① 议论大烈：据宋代郑思肖《文丞相叙》载："独公再三与鞑酋伯颜慷慨辩论，尚以理折其罪，辨析夷夏之分，语皆不失国体；深反复论文焕之逆，伯颜竟解文焕兵权；又沮遏伯颜直入屠弑虏掠京城百姓之凶。"

② 疑惮：怀疑和惧怕。

③ 归阙：回归南宋朝廷。阙，帝王住所。

④ 将校官属：将官校官及其属员。

⑤ 清夜：清静的夜晚。

⑥ "白云"句：望着白云伤心。断魂，魂销神往，形容伤心。唐代宋之问《江亭晚望》："望水知柔性，看山欲断魂。"

⑦ "死生"句：即使死了，也要保持苏武那样的气节。苏子即苏武，据《汉书·苏武传》记载：苏武出使匈奴遭扣，被匈奴放逐

在北海(今贝加尔湖)边,放牧十九年,坚贞不屈,誓不降敌,保持汉民族气节,后终于归汉。

⑧ "贵贱"句:据《汉书·郑当时传》记载,汉代下邳(今江苏邳县)翟公任廷尉之职时,宾客填满门户,及至被撤职,宾客均不登门;再次复职时,宾客又欲登门,翟公在门上写道:"一死一生,乃知交情;一贫一富,乃知交态;一贵一贱,交情乃见。"这里说将校官属的叛去。

⑨ "前辈"两句:我该像前辈那样守口如瓶,以沉默表示抗议,效果会胜过议论激烈。宋代晁说之《晁氏客语》中引用刘器之说过的话:富郑公弼年八十,书坐屏云:"守口如瓶,防意如城。"守口如瓶形容说话谨慎。

# 愧故人①

九门一夜涨风尘②,何事痴儿竟误身③。
子产片言图救郑④,仲连本志为排秦⑤。
但知慷慨称男子⑥,不料蹉跎愧故人⑦。
玉勒雕鞍南上去,天高月冷泣孤臣⑧。

① 愧故人:对不起老朋友。
② "九门"句:国都临安于一夜间忽然起了战乱。九门,古代皇城有九门,即路门、应门、雉门、库门、皋门、城门、近郊门、远郊门、关门等。这里指国都临安。风尘,喻战乱。《汉书·终军传》:"边境时有风尘之警,臣宜披坚执锐,当矢石,启前行。"
③ "何事"句:什么大事儿,竟使我耽误了身家性命。指二月十

八日后被元兵拘押。

④ "子产"句：子产，郑国大夫。据《左传·僖十八》载：楚国令尹娶郑国公孙段的女儿为妻，企图借进城迎亲为名，袭击郑国。郑子产识破其阴谋，婉言谢绝，保全了郑国。

⑤ "仲连"句：仲连，姓鲁，春秋时齐国人。据《史记·鲁仲连列传》：秦国攻赵国时，有人劝赵王平原君尊秦为帝。正在赵国游说的鲁仲连，进见平原君，表示坚决反对，终于用兵击退了秦兵。这里文天祥以仲连自喻，希冀像仲连那样击退元兵。

⑥ 男子：文天祥在北营"诟虏帅失信，数吕师孟叔侄为逆"。伯颜闻之，吐舌云：真男子，真男子。

⑦ 蹉跎：虚度光阴，无所作为。《世说新语·自新》："（周处）正见清河（陆云），具以情告，并云欲自修改，而年已蹉跎，终无所成。"

⑧ "玉勒"二句：是说故人已经骑马引兵南去抗元，而我却被囚元营，在天高月冷的夜里悲伤哭泣。玉勒雕鞍，玉质的马勒，雕花的马鞍，形容皇家军队。孤臣，孤立无援而失势的远臣。《孟子·尽心上》："独孤臣孽子，其操心也危，其虑患也深，故达。"

# 求　客

眼看铜驼燕雀羞①，东风花柳自皇州②。

白云万里易成梦，明月一间都是愁③。

男子铁心无地著④，故人血泪向天流。

鸡鸣曾脱函关厄，还有当年此客不⑤。

① 铜驼：铜铸的骆驼。晋代陆机《洛阳记》："汉铸铜驼二枚，在宫南四会道头，夹路相对。俗语曰：'金马门外聚群贤，铜驼陌上集少年。'"言人物之盛。《晋书·索靖传》："靖有先识远量，知天下将乱，指洛阳宫门铜驼叹曰：'会见汝在荆棘中耳！'"这里指战乱兴起，国家遭殃。燕雀羞：典出《孔丛子·论势》："燕雀处屋，子母相哺，煦煦焉其相乐也，自以为安矣。灶突炎上，栋宇将焚，燕雀颜色不变，不知祸之将及己也。"谓居安忘危，造成灾难，连燕雀也感到羞耻。

② 皇州：指帝都。南朝宋代鲍照《代结客少年场行》："升高临四关，表里望皇州。"全句说从皇都至郊外一路春风花树，春光明媚。

③ "白云"二句：白云万里，说想念亲友，所以容易成梦。白云，古人常作为思亲友之喻。看着一房间月色，自伤拘押北营，心忧天下，故云都是忧愁。

④ 铁心：指坚强的意志。唐代殷尧藩《友人山中梅花》："铁心自拟山中赋，玉笛谁将月下横。"无地著：没有地方可以安放。意即被元人扣留，无法率领宋军抗元。

⑤ "鸡鸣"二句：据《史记·孟尝君列传》载：战国时齐国孟尝君在秦被扣留，幸赖一门客装狗，钻入秦宫，盗出狐裘，献给秦王宠姬，宠姬替他说情，方获释；又赖另一门客模仿鸡叫声，守吏闻鸡鸣打开城门，孟尝君才逃出秦国。这两句说，孟尝君依赖门客而逃出秦国关隘，现在我能觅得这样的门客吗？不(fǒu)，通"否"。

# 纪　事

　　予诣北营①，辞色慷慨②。初见大酋伯颜③，语之云："讲解一段④，乃前宰相首尾⑤，非予所与知。今大皇以予为相,予不敢拜⑥,先来军前商量。"伯颜云:"丞相来勾当大事⑦,说得是。"予云:"本朝承帝王正统,衣冠礼乐之所在。北朝欲以为国欤?欲毁其社稷欤?⑧"大酋以虏诏为解说⑨,谓社稷必不动,百姓必不杀。予谓尔前后约吾使多失信,今两国丞相亲定盟好,宜退兵平江或嘉兴⑩,俟讲解之说达北朝⑪,看区处如何⑫,却续议之。时兵已临京城,纾急之策⑬,惟有款北以为后图⑭,故云尔。予与之辨难甚至,云:"能如予说,两国成好,幸甚;不然,南北兵祸未已,非尔利也⑮。"北辞渐不逊⑯。予谓:"吾南朝状元宰相,但欠一死报国,刀锯鼎镬⑰,非所惧也。"大酋为之辞屈,而不敢怒。诸酋相顾动色,称为丈夫⑱。是晚,诸酋议良久,忽留予营中。当时觉北未敢大肆无状,及予既絷维⑲,贾余庆以逢迎继之,而国事遂不可收拾,痛哉痛哉!

三宫九庙事方危⑳,狼子心肠未可知㉑。
若使无人折狂虏,东南那个是男儿㉒。

春秋人物类能言,宗国常因口舌存㉓。
我亦濒危专对出㉔,北风满野负乾坤㉕。

单骑堂堂诣虏营。古今祸福了如陈㉖。
北方相顾称男子,似谓江南尚有人。

百色无厌不可支㉗，甘心卖国问为谁。
豺狼尚畏忠臣在，相戒勿令丞相知㉘。

慷慨轻身堕蒺藜㉙，羝羊生乳是归期㉚。
岂无从史私袁盎，恨我从前少侍儿㉛。

英雄未肯死前休㉜，风起云飞不自由。
杀我混同江外去㉝，岂无曹翰守幽州㉞。

① 诣：往、到。
② 辞色：言词和脸色。
③ 酋：称外族中首领为酋。有贬意。伯颜原为宋将，后投敌，任元丞相。
④ 讲解一段：指宰相吴坚、贾余庆派遣监察御使刘岊奉表称臣，上尊号，岁贡银绢二十五万两匹，乞存境土。时在德祐二年正月。
⑤ 首尾：一手经办的事。
⑥ 拜：敬受；拜领。
⑦ 勾当：办理。《北史·序传》："事无大小，士彦一委仲举，推寻勾当，丝发无遗。"
⑧ "本朝"四句：谓我宋朝帝王一脉相承，是中国文明、礼教所在，北朝想要夺取这个国家，还是想毁灭这个国家文明礼教呢？衣冠礼乐，泛指文明、礼教等。社稷，土神和谷神的合称。《白虎通义》："人非土不立，非谷不食，……故封土立社，示有土也；稷，五谷之长，故立稷而祭之也。"因以社稷代

国家。

⑨ 虏诏:元朝廷皇帝的命令。诏,皇帝的命令、指示。

⑩ 平江:今江苏苏州。伯颜是从平江向临安推进的。

⑪ 俟:等待。

⑫ 区处:处置与安排。《汉书·黄霸传》:"鳏寡孤独,有死无以葬者,乡部书言,霸具为区处。"

⑬ 纾急:解救急难。

⑭ 款:求和。

⑮ "不然"三句:不这样的话,南北(宋与元)兵战将连绵不已,对你不利。

⑯ 不逊:傲慢无礼。

⑰ 刀锯鼎镬:谓酷虐的刑罚。刀锯,古代刑具,用以对罪犯割和锯。鼎镬,是把活人放在锅里烧煮。鼎,古时烧煮的锅,有三足。镬,古时煮汤的锅,无足。

⑱ 称为丈夫:丈夫,成年男子的通称。《谷梁传·文公十二年》:"男子二十而冠,冠而列丈夫。"这里喻指坚强的汉子。宋代郑思肖《文丞相叙》说北人称文天祥为铁汉。

⑲ 絷(zhí)维:用绳绑缚,拘禁。《诗·小雅·白驹》:"皎皎白驹,食我场苗。絷之维之,以永今朝。"

⑳ 三宫九庙:三宫,汉代人奏疏,用作皇帝、太后、皇后的合称。《汉书·王嘉传》:"自贡献宗庙三宫,犹不至此。"颜师古注:"三宫,天子、太后、皇后也。"这里的三宫指南宋末年谢太皇太后、全太后及幼帝赵㬎。九庙,古时帝王立庙祭祀祖先,有太祖庙及三昭庙三穆庙,共计七庙。汉代王莽地皇元年,增为祖庙五,亲庙四,共九庙。此后历朝皇帝立九庙。

㉑ "狼子"句:谓元人的险恶用心不可推测。狼子,狼崽子。喻凶恶的人。

㉒ "若使"二句：意谓假如没有文天祥去压服元人狂妄气焰，南宋还有谁像个大丈夫。折，挫败，压服。汉代班彪《北征赋》："降几杖于藩国公，折吴濞之逆邪。"东南，当时南宋偏安东南地区。

㉓ "春秋"二句：谓春秋时代游说之士大都因能言善辩而保存宗国。类，大都。

㉔ "我亦"句：我也是在国事濒临危险时出任使节独立应对。专对，任使节时独立随机应对。

㉕ "北风"句：北兵临近城下，遍地皆北兵，辜负了宋朝政府的希望。因作者被拘押，没有完成让敌退兵的使命。北风，喻元兵。

㉖ "古今"句：指文天祥在北营慷慨陈词，讲外族进攻中国反而取祸的事实。

㉗ 百色无厌：指元人提出和议的条件繁多苛刻，贪得无厌，没法满足。如割地输银、称侄等等。百色，各式各样。

㉘ "豺狼"二句：元人害怕忠臣还在，关照不要让文天祥知道吴坚等人讲和的勾当。

㉙ 蒺藜：古代用木或金属制成的带刺障碍物，布在地面，以阻挡敌军进入。因与带刺的蒺藜果实相似，故名。此处代指北营。

㉚ "羝羊"句：公羊产乳汁是不可能的，喻永无获释归宋的希望。羝羊，公羊。《汉书·苏武传》："徙武北海无人处，使牧羝，羝乳乃得归。"

㉛ "岂无"二句：袁盎任吴相时，身边小吏和他的侍妾私通，他假装不知道。有人告诉小吏：袁盎知道这件事。小吏吓得逃走。袁盎派人去追，把侍妾赐给小吏，让小吏继续留在身边。后来袁盎被吴王扣留，恰巧是让那个小吏来看守，小吏告诉袁盎次日早晨吴王要杀他，让他马上逃走。见《史记·袁盎

晁错列传》。

㉜ "英雄"句:意谓活着一天就要为恢复宋朝江山奋斗一天,决不罢休。

㉝ "杀我"句:拼杀到东北混同江一带去,消灭元兵。混同江,据《嘉庆一统志》记,松花江、黑龙江在黑龙江省合流处称为混同江。

㉞ 曹翰:据《宋史·曹翰传》记载:曹翰聪敏多智,好饮酒。宋初随从太祖征讨泽、潞,平定江南。太宗时,又随太宗下太原,征战幽州,屡建战功。幽州:今河北省北部及北京等地。

# 纪　事

　　正月二十日晚,北留予营中,云:"北朝处分,皆面奉圣旨;南朝每传圣旨,而使者实未曾得到帘前①。今程鹏飞面奏大皇,亲听处分,程回日,却与丞相商量,大事毕,归阙②。"既而失信,予直前责虏酋,辞色甚厉,不复顾死。译者再四失辞③,予迫之益急。大酋怒且愧,诸酋群起呵斥。予益自奋④,文焕辈劝予去⑤。虏之左右,皆唶唶嗟叹⑥,称男子心。

　　狼心那顾歃铜盘⑦,舌在纵横击可汗⑧。
　　自分身为齑粉碎⑨,虏中方作丈夫看⑩。

① "而使者"句:意谓使者没有在皇帝面前亲听到圣旨。
② "大事"二句:《宋史·伯颜传》:"伯颜改容,因谢曰:'前日已

遣程鹏飞诣宋太皇太后帘前,亲听处分,候鹏飞至,即与丞相定议'"。归阙,让文天祥返回宋朝廷。

③ "译者"句:翻译的人一而再再而三三而四地译错了话。

④ 予益自奋:我更加激昂奋发。

⑤ 文焕:吕文焕,降敌者。他曾在湖北襄阳抗击元兵,后叛变投敌,任攻战临安的先锋。去:离开。

⑥ 喈喈(jiè):赞叹声。《慎子·外篇》:"赤城之山,有石梁五仞焉,径尺而龟背,下临不测之谷,野人负薪而越之,不留趾而达,观者喈喈。"

⑦ 狼心:喻元人头目之不讲信义。歃铜盘:以铜盘歃血为盟友。歃,把血抹在嘴上,表示结为盟友的诚意。《史记·平原君传》:"毛遂左手持盘血,而右手招十九人,曰:'公相与歃此血于堂下'。"

⑧ "舌在"句:凭我的能言善辩去打击侵略者。《史记·张仪传》:"尝从楚相饮,已而(不久)楚相亡(丢失)璧。门下意(认为)张仪(偷),掠笞数百,不服,释之。其妻曰:'嘻,子毋(不)读书游说,安得此辱乎?'张仪谓其妻曰:'视吾舌尚在否?'其妻笑曰:'舌在也'。仪曰:'足矣'。"可汗,蒙古、突厥等族称其君主为可汗,这里指伯颜等人。

⑨ 齑粉碎:压成细碎粉末。《五代史·苏逢吉传》载:史弘肇怨逢吉异己。逢吉谋求出镇以避之,既而中辍(中途停止),人问其故,曰:"苟舍此而去,史公一处分,吾齑粉矣。"这里主要指天祥作了被杀的准备。

⑩ "虏中"句:元人把文天祥当作丈夫看待。小序中"称男子"即是。

# 纪　事

正月二十日，至北营，适与文焕同坐，予不与语。越二日①，予不得回阙②，诟虏酋失信③，盛气不可止④。文焕与诸酋劝予坐野中，以少迟一二日，即入城，皆绐辞也⑤。先是，予赴平江⑥，入疏言："叛逆遗孽⑦，不当待以姑息⑧，乞举《春秋》诛乱贼之法⑨。"意指吕师孟。朝廷不能行。至是，文焕云："丞相何故骂焕以乱贼？"予谓："国家不幸至今日，汝为罪魁，汝非乱贼而谁？三尺童子皆骂汝，何独我哉！"焕云："襄守六年不救。"予谓："力穷援绝，死以报国，可也；汝爱身惜妻子，既负国，又隳家声⑩，今合族为逆，万世之贼臣也！"孟在傍甚忿，直前云："丞相上疏欲见杀，何为不杀取师孟⑪？"予谓："汝叔侄皆降北，不族灭汝⑫，是本朝之失刑也。更敢有面皮来做朝士？予实恨不杀汝叔侄，汝叔侄能杀我，我为大宋忠臣，正是汝叔侄周全我，我又不怕。"孟语塞⑬，诸酋皆失色动颜。唆都以告伯颜⑭，伯颜吐舌云："文丞相心直口快，男子心！"唆都闲云："丞相骂得吕家好。"以此见诸酋亦不容之⑮。

不拚一死报封疆⑯，忍使湖山牧虎狼⑰。

当日本为妻子计，而今何面见三光⑱。

虎头牌子织金裳⑲，北面三年蚁梦长⑳。

借问一门朱与紫,江南几世谢君王㉑。

枭獍何堪共劝酬,衣冠涂炭可胜羞㉒。
袖中若有击贼笏㉓,便使凶渠面血流㉔。

麟笔严于首恶书㉕,我将口舌击奸谀㉖。
虽非周勃安刘手,不愧当年产禄诛㉗。

① 越:经过。
② 回阙:回归南宋朝廷。
③ 诟:责骂。
④ "盛气"句:愤怒不可遏止。盛气,充满怒气。《战国策·赵策四》:"左师触龙言愿见太后,太后盛气而揖之。"
⑤ 绐辞:谎言。
⑥ 予赴平江:文天祥《纪年录》载:"德祐元年九月,除浙西江东制置使,兼江西安抚大使,知平江府事。陛辞乞斩吕师孟衅鼓(以血涂战鼓),不报(不批覆。意即不同意)。"平江,今江苏苏州。
⑦ 叛逆:叛离不忠者。遗孽:留下罪孽。
⑧ 姑息:无原则地宽容。
⑨ "乞举"句:请求用《春秋》严处乱臣贼子的办法。《春秋》,为编年体史书,相传孔子据鲁史修订而成。孔子修《春秋》"笔则笔,削则削",常以一字为褒贬,含有所谓"微言大义"。诛,惩罚。
⑩ 隳家声:败坏家庭名声。隳,败坏。

⑪ 师孟：吕师孟，叛将吕文焕之侄。任兵部侍郎，后叛变，为敌人作内应。

⑫ 族灭：灭族，即刑及父、母、妻、子。

⑬ 语塞：想说却说不出话。

⑭ 唆都：即《后序》中提及的监视文天祥的馆伴。

⑮ 亦不容之：也不宽容吕师孟一家。

⑯ 拼：豁出去，不顾惜。同"拼"。封疆：疆域，疆土。《战国策·燕三》："国之有封疆，犹家之有垣墙"。

⑰ 牧虎狼：饲养虎和狼，喻元兵。

⑱ 三光：日、月、星。《庄子·说剑》："上法圆天，以顺三光"。

⑲ 虎头牌子：元代皇帝颁给高级文武官僚刻有虎头形的金牌。宋代汪元量《湖州歌》："文武官僚多二品，还乡尽带牌头虎。"

⑳ 北面三年：吕文焕从咸淳九年降元，至德祐二年，正好三年。北面，即面朝北。古代天子是朝南坐的，面北即指投降。蚁梦：传说从前有个叫淳于棼的，在古槐树下喝酒，醉而入槐树洞中，见一大城，名为大槐安国，登上正殿，警卫甚严。进入帝王所居地方，见一高大魁伟者即国王。国王令女儿嫁淳氏，守南柯郡二十年，荣耀显赫，尽享富贵，天下无双。醒来，寻大槐下，有个大洞，洞中有蚁数斛，其中一只大蚁，即国王。这里指吕氏叔侄降元做官，也不过南柯一梦而已。

㉑ "借问"二句：言吕氏一族，受国恩厚重，请问怎么答谢君王吧。朱与紫，唐代官员制服，二品以上紫，五品以上朱，指位高的官职。唐代高适《宋中送族侄式颜》："部曲尽公侯，舆台亦朱紫。"

㉒ "枭獍"二句：似枭如獍的禽兽有何资格同我应酬；好比穿戴礼服坐在烂泥或炭灰上，让人何等羞耻。枭獍，比喻凶恶忘

恩的人。枭，食母的恶鸟，獍，食父的恶兽。《读通鉴论·唐太宗》："于是互相掩蔽，纵枭獍以脱于网罟。"杜甫《草堂》："焉知肘腋祸，自及枭獍徒。"这里枭獍喻吕文焕叔侄。衣冠涂炭，语出《孟子·公孙丑上》："立于恶人之朝，与恶人言，如以朝衣朝冠坐于涂炭。"

㉓ 击贼笏：唐德宗时，太尉朱泚谋反，想让司农卿段秀实附己，乃召其议事。秀实伺机用象牙笏击朱泚，中其额，血流满面，并大骂道："狂贼！吾恨不斩汝万段，岂从汝反耶？"因而被杀。见新、旧《唐书·段秀实传》。笏，古时君臣相见时所执的狭长的板子，用玉、象牙或竹片制成，以为述言及记事之用，也叫手板。

㉔ 凶渠：元凶罪魁。这里指吕师孟叔侄。

㉕ "麟笔"句：孔子写作《春秋》，写到捕获一麟而停笔，故称《春秋》为麟笔。孔子写作《春秋》，对于乱臣贼子恨之入骨。有"孔子作《春秋》而乱臣贼子惧"的说法。全句意思说孔子写《春秋》，对于元凶罪魁都作了严厉处置。

㉖ 奸谀：奸诈、奉承的人。指吕师孟叔侄一班人。

㉗ "虽非"二句：我虽然不像周勃那样有安定刘家汉王朝的手段，但也要像诛杀坏人吕产、吕禄那样处置吕文焕叔侄一家。《史记·高祖本纪》载，周勃，汉代江苏沛县人，从汉高祖刘邦起兵，汉高祖说，"周勃厚重少文（文采），然安刘氏（刘家天下）者必勃也。"《史记·绛侯周勃世家》记载，高祖皇后吕后死，吕禄以地方王赵王的名义为汉上将军，吕产以吕王为汉相国，执掌汉朝重权，危及刘氏天下的政权。周勃为太尉，却不许入军门。周勃即与陈平共谋，杀死吕产、吕禄兄弟，安定了汉王朝。产、禄即吕产、吕禄，这里喻吕师孟叔侄等。

# 信云父

信世昌,字云父,东平府人①。公子无忌之后②,尝为虏太常丞③,北方之儒也。隶唆都④,唆都使之来伴予⑤。云父知古今,识道理,可语。中原遗黎⑥,甚惓惓于本朝⑦,颇输情焉⑧,作诗见赠,内两句云:"宗庙有灵贤相出,黔黎无害大皇明⑨。"京师为之传诵⑩。云父大意以为高丽地方数千里⑪,昨丧其半,遂称藩⑫,大元喜其不拒,并侵疆归之,今传国如故。大宋衣冠正统⑬,非高丽比,北必不敢无礼于吾社稷也。云父念本朝,亦愿望之辞。

东鲁遗黎老子孙⑭,南方心事北方身⑮。
几多江左腰金客⑯,便把君王作路人⑰。

信云父好为诗,而辞极俚近⑱。一日问予诗法,予因举宫词数章⑲,比兴悠长⑳,意在言外。云父恍有所得,明日,袖出一绝云:"东风吹落花,残英犹恋枝㉑。莫怨东风恶㉒,花有再开时。"言予之不忘王室,而王室之必中兴也㉓。云父居近阙里㉔,渐染孔氏之遗风,故其用意深厚,而超悟如此。

肯从悟室课儿书,啖雪风流却减渠㉕。
我爱信陵冠带意㉖,任教句法问何如。

① 东平府：地名。在今山东东平县。

② 无忌：战国时代魏国公子信陵君的名。《史记·信陵君列传》记载：魏国公子无忌，仁而下士，致食客三千人。诸侯以为公子贤能、多客，因而十余年不敢加兵谋魏。

③ 太常丞：官名。掌礼乐、郊庙、社稷事宜。元朝于中统元年立太常寺，设寺丞一人。

④ 隶：隶属。

⑤ 伴予：陪伴我。即《后序》所言"馆伴"。

⑥ 遗黎：遗民，亡国之民。《晋书·地理志》"自中原乱离，遗黎南渡。"这里指信云父。

⑦ 惓惓：深切思念。《汉书·刘向传》："欲终不言，念忠臣虽在畎亩，犹不忘君，惓惓之义也。"

⑧ 颇输情焉：很动感情。

⑨ 黔黎：老百姓。晋代潘岳《河阳县作》："黔黎竟何常，政成在民和。"

⑩ 京师：国都。《公羊传·桓九年》："京师者何，天子之居也；京者何，大也；师者何，众也。"这里指临安。

⑪ 高丽：国名。今朝鲜与韩国。

⑫ 遂称藩：就向元朝称藩国。藩，封建王朝的属国或属地。元朝至元六年曾经发兵征高丽。

⑬ 衣冠正统：谓礼教、文化承受正宗，一系相承。衣冠，衣服和礼帽，代指绅士，引申为礼教、文化。

⑭ 东鲁：东平府在山东东部，故云。

⑮ "南方"句：言信云父身在北方，心怀南宋。极言他忠诚之心。

⑯ "几多"句：多少江左的南宋官员，降了元兵。江左，又名江东，指长江下游江南等地。腰金客，指官员。古代朝官的腰带按品级镶以不同的金饰。杜甫有诗句："拖玉腰金报主身。"

⑰ "便把"句：把南宋君王当作路人对待。此处讽刺江东降元官员。

⑱ 俚近：通俗平易。

⑲ 宫词：以宫廷生活为题材的诗。唐代大历年间王建撰宫词百首,始有宫词名称。

⑳ 比兴：古代作诗六法中的两种。《诗·大序》:《诗》有六义焉,一曰风,二曰赋,三曰比,四曰兴,五曰雅,六曰颂。"比,以彼物喻此物。兴,先言他物以引起所咏之词也。

㉑ 残英：凋残的花。

㉒ 东风：春风。

㉓ 中兴：局势由衰落走向兴盛。杜甫《洗兵马》:"中兴诸将收山东,捷书日报清昼同。"

㉔ 阙里：地名。在山东曲阜,相传为孔子故里。

㉕ "肯从"二句：悟室,完颜希尹(? —1140),本名谷神,又译作兀室、胡舍,女真完颜部人,曾任金朝宰相。他依据契丹字、汉字创制了女真文字。课儿书,教小孩读书。啮雪,咬雪。《汉书·苏武传》:"单于幽(禁闭)武,置大窖(地室)中,绝不饮食。天雨雪,武卧啮雪,与毡毛并咽之。"渠,他。按,《宋史·洪皓传》载:宋高宗时,洪皓以尚书身份出使金国,被扣留。黏罕逼迫他投靠刘豫,他断然拒绝。黏罕欲杀之,手下将领钦佩他是真忠臣,为他求情,遂被流放到冷山。冷山气候严寒,陈王悟室敬重洪皓,让他教自己八个儿子。据传,洪皓留金时,以教授自给,无纸则取桦叶写《论语》、《大学》、《中庸》、《孟子》传之,时谓"桦叶四书"(《嘉庆一统志》)。此二句指洪皓身留北地,仍以传授中原文化为己任,从这一点来看,啮雪的苏武也比不上他。这里文天祥以洪皓自比,教信云父写诗也即传播中原文化。

㉖ "我爱"句：意谓我爱信云父热衷中原文化。信陵,代指信云

父,因其为信陵君的后代。冠带,本指服制,引申为礼仪、教化、文明。《吕氏春秋·慎势》:"凡冠带之国,舟车之所通,不用象、译、狄鞮,方三千里。"

# 则 堂

北入京城①,贾余庆迎逢卖国,既令学士降诏,俾天下州郡归附之②;又各州付一省劄,惟枢密则堂家先生铉翁于省劄上不肯押号③。吴丞相坚,号老儒,不能自持,一切惟贾余庆之命,其愧则堂甚矣④。程鹏飞见则堂不肯奉命⑤,堂中作色,欲缚之去。则堂云:"中书省无缚执政之理⑥。"归私厅以待执。北竟不敢谁何。予在北以忠义孤立,闻其事以自壮云。

山河四塞旧瓯金⑦,艺祖高宗实鉴临⑧。
一日尽将输敌手,何人卖国独甘心⑨。

中书堂帖下诸城⑩,摇首庭中号独清⑪。
此后方知枢密事,从今北地转相惊⑫。

① 北入京城:元兵进入临安。
② "既令"两句:贾余庆命令学士院颁布诏书,让天下各个州郡都投降元朝。文天祥《纪年录》:"明日,宰相吴坚、贾余庆以下以国降。"俾,使。

③ "惟枢密"句：据《宋史·家铉翁传》：家铉翁，四川眉州人，状貌奇伟。身长七尺，被服俨雅，其学邃于《春秋》，自号则堂。拜端明殿学士，签书枢密院事。元兵次临安近郊，丞相吴坚、贾余庆檄告守令以城降，铉翁独不签字。省劄，古代中枢各省的文书。押号，画押，签字。

④ "其愧"句：(吴坚)太对不起家铉翁了。

⑤ 程鹏飞：即《纪事》第二首提及的投降元朝者。

⑥ 中书省：掌管国家政事、制命决策、发布政令的中央最高权力机关。程鹏飞在中书省任中书舍人。

⑦ "山河"句：宋朝山河及四方边塞原本像金瓯一样完固。金瓯，黄金之瓯，喻疆土的完固。

⑧ 艺祖：喻北宋第一代君主宋太祖赵匡胤。艺祖，有文德才艺之祖，古帝王对祖先的美称。后代帝王因以艺祖为太祖的通称。高宗：即南宋第一代君主宋高宗赵构。鉴临：审察，监视。这里喻太祖、高宗的统治。

⑨ "何人"句：甘愿卖国的是谁呢？这里指贾余庆等。

⑩ "中书"句：喻学士院诏告天下州郡降元。宋代有中书省，凡有诏书，中书省授学士院宣告之。

⑪ "摇首"句：在院中摇头不肯签字。独清，一个人保持清白。《楚辞·渔父》："举世皆浊，而我独清。"

⑫ "从今"句：谓家铉翁的气节震动了元人。

# 思蒲塘 陈①

扬旌来冉冉②，卷斾去堂堂③。

恨我飞无翼④，思君济有航⑤。

麒麟还共处⑥，熊虎已何乡⑦。

南国应无恙⑧，中兴事会长⑨。

① 蒲塘陈：即《所怀》诗序中所说的"引兵而南"的陈蒲塘，抗元将领。

② "扬旌"句：举着(宋朝)战旗匆匆来到。冉冉，匆忙貌。

③ "卷旆"句：卷下(宋朝)战旗庄严地走了。堂堂，庄严大方。旆，古代旗的末端形如燕尾的垂旒。此处泛指旌旗。一二句描写陈蒲塘率领部队离开临安南奔抗元的阵容。

④ 无翼：缺少翅膀。

⑤ 济：渡河。航：泛指船。

⑥ 麒麟：传说中的一种仁兽。《礼记·礼运》："凤皇麒麟，皆在郊陬。"借喻杰出人物。

⑦ 熊虎：比喻猛将。《三国志·吴书·周瑜传》："刘备以枭雄之姿，而有关羽、张飞熊虎之将，必非久屈为人用者。"这里是说不知陈蒲塘转战在何方。

⑧ "南国"句：揣想南方的抗元斗争应该很顺利。

⑨ 中兴：由衰弱而重新兴盛。这里指抗元救宋成功。


# 思方将军①

始兴溪子下江淮②，曾为东南再造来③。

如虎如熊今固在④，将军何处上金台⑤。

① 方将军：跟随文天祥起兵抗元的将领。宋德祐皇帝降元后，

贾余庆令"放还天祥所部勤王义士西归,其渡浙归闽者,惟方兴、朱华、邹凤、张汴数人耳"(见元代刘岳申《文丞相传》)。方兴即方将军。

② 始兴:县名,在广东省,故城在今县城西北。方兴为广东始兴人。溪子:强弓名称。《战国策·韩策一》:"天下之强弓劲引,皆自韩出,溪子、少府、时力、距来,皆射六百步之外。"这里喻方将军的射艺高强。江淮:泛指长江与淮河之间的地区。时为抗元战争的前线。

③ 再造:再次建立。言方将军为恢复宋朝出力。《新唐书·郭子仪传》:"(郭子仪)入朝,帝遣具军容迎灞上,劳之曰:'国家再造,卿力也。'"

④ 如虎如熊:形容方将军的勇猛。见《思蒲塘陈》"熊虎"条注释。

⑤ 金台:又称黄金台、燕台。故址在今河北省易县东南。相传战国燕昭王筑台于此,置千金于台上,延请天下才俊,故称金台。


# 唆　都①


唆都为予言:"大元将兴学校,立科举,丞相在大宋为状元宰相,今为大元宰相无疑;丞相常说:'国存与存,国亡与亡②。'这是男子心。天下一统③,做大元宰相,是甚次第④。'国亡与亡'四个字休道。"予哭而拒之。唆都常恐予之伏死节也⑤。

**虎牌毡笠号公卿⑥,不值人间一唾轻⑦。**

# 但愿扶桑红日上⑧,江南匹士死犹荣⑨。

① 唆都:即文天祥被拘押后以馆伴名义监视文天祥的那个人。

② "国存"二句:国家存在,我活着;国家灭亡我即殉国而死。这是文天祥的两句名言。

③ 天下一统:天下统一。一统,统一。《公羊传·隐元年》:"何言乎王正月?大一统也。"《史记·秦始皇本纪》:"今陛下兴义兵,诛残贼,平定天下,海内为郡县,法令由一统,自上古以来未尝有,五帝所不及。"后称统一全国为一统。

④ 是甚次第:这很合乎级别。意思是与文天祥宋朝宰相的身份相合。次第,等第,级别。

⑤ 伏死节:殉节而死。《汉书·诸葛丰传》:"今以四海之大,曾无伏节死谊之臣,率尽苟合取容,阿党相为……臣诚耻之亡已。"

⑥ 虎牌:见本卷《纪事》"虎头牌子织金裳"的注释。毡笠:用毡制作的帽子。这是胡人的装束。这里喻降元做丞相。

⑦ "不值"句:做元宰相抵不上一口唾液。喻极度的轻蔑。

⑧ "但愿"句:只希望宋朝升起红太阳。指宋朝复兴。扶桑,神木名,传说太阳从扶桑下升起。屈原《离骚》:"饮余马于咸池兮,总余辔乎扶桑。"《淮南子·天文训》:"日出于旸谷,浴于咸池,拂于扶桑,是谓晨明。"

⑨ "江南"句:我文天祥被害死了也是光荣的。匹士,士。因为地位低微,故称匹士。《礼记·礼器》:"是故君子大牢而祭,谓之礼;匹士大牢而祭,谓之攘"疏:"匹士,士也。言其微贱,故谓之匹也。"

# 二　王<sup>①</sup>

　　唆都、忙古歹，一日问度宗几子，答曰："三子。"<sup>②</sup>问皇帝是第几子，答曰："第二子，立嫡也<sup>③</sup>。"问第一子、三子封王乎，曰："一吉王<sup>④</sup>，一信王<sup>⑤</sup>。"问今何在？曰："大臣护之去矣。"骇云："去何处？"曰："非闽则广<sup>⑥</sup>。宋疆土万里，尽有世界在。"云："既是一家，何必远去？"曰："何为恁地说<sup>⑦</sup>？宗庙社稷所关，岂是细事！北朝若待皇帝好，则二王为人臣；若待皇帝不是，即便别有皇帝出来。"二酋为之愕眙<sup>⑧</sup>，不能对。

　　一马渡江开晋土<sup>⑨</sup>，五龙夹日复唐天<sup>⑩</sup>。

　　内家苗裔真隆准<sup>⑪</sup>，虏运从来无百年<sup>⑫</sup>。

① 二王：指益王赵昰、广王赵昺，都是度宗的庶子（姜所生之子）。

② 三子：指宋恭帝赵㬎及益王赵昰（即后来的端宗）广王赵昺即南宋末代皇帝。

③ 立嫡：据《宋史·恭帝本纪》记载，㬎，度宗皇帝子也，其母全皇后，初授左卫上将车，封嘉国公。咸淳十年七月，度宗崩。贾似道入宫，议所立，众以时方多艰；而建国公昰（庶子）年长，欲立之，似道主立嫡（正妻所生之子，与庶子相对）乃称遗诏奉帝，即皇帝位于枢前，年五岁，谢太后临朝称诏。

④ 吉王：赵昰为度宗第一子，初封为吉王。

⑤ 信王：赵昺为度宗第三子，初封为信王。

⑥ 非闽则广:不是去福建就是去广东。

⑦ "何为"句:怎么这样说。恁地,如此。宋元时口语。宋代魏泰《临汉隐居诗话》:"(晏殊)后尝语人曰:裴度也曾宴宾客,韩愈也会做文章,但言'园林穷胜事,钟鼓乐清时',却不曾恁地作闹。"

⑧ 愕眙:瞪着眼睛很惊讶。

⑨ 一马渡江:晋时有童谣说:"五马浮渡江,一马化为龙。"有人认为是指永嘉中,司马睿(琅琊王)、纮(彭城王)、羕(西阳王)、祐(汝南王)、宗(南顿王)等五王南奔渡过长江,开拓晋土,睿帝登上皇位。从此"一马渡江"就成为恢复江山的预言。

⑩ 五龙夹日:传说太阳是由五条龙驾着车子在天空由东往西运行。这句与前首诗"但愿扶桑红日上"句的意思相同,唐天:中国天下。唐,古称中国为唐。

⑪ "内家"句:我宋朝皇宫中的后代是龙子龙孙,应该继世有天下。内家,指皇宫。封建时代皇宫称大内,故也称内家。苗裔,后代。屈原《离骚》:"帝高阳之苗裔兮。"隆准,高鼻,代指皇帝。《史记·高祖本纪》:"高祖为人,隆准而龙颜。"

⑫ "虏运"句:谓元朝统治,不会长久。虏,古时对北方民族的蔑称。

# 气　概

唆都一日问予,何以去平江①,予曰:"有诏趣入卫②。"问予兵若干,予对五万人。喟然叹曰③:"天也! 使臣相在平江,必不降予。"问:"何以知之?"云:"相公气概,如何肯降？但累城内百姓。"予谓果厮打④，亦未见输赢。唆都大笑。

> 气概如虹俺得知⑤，留吴那肯竖降旗⑥。
> 北人不解欺心语⑦，正恐南人作浅窥⑧。

① 去：离开。平江：今江苏苏州。文天祥知平江府事在宋恭帝德祐元年(1275)九月。
② "有诏"句：据《宋史·瀛国公本纪》：十一月丁卯朔，甲申（十八日）大元兵至常州，招降不听，攻二日，破之。丁亥（二十一日）独松关（今浙江余杭独松岭）告急，趣文天祥入卫。趣，督促，催促。《史记·项羽本纪》："数使使趣齐兵，欲与俱西。"
③ 喟然：叹气的样子。
④ 厮打：双方打起来。
⑤ 俺：我。北方方言。
⑥ 吴：指平江府。
⑦ 欺心语：违心之言。
⑧ 浅窥：小看，藐视。

# 使　北①

北兵入城，既劫诏书，布告天下州郡，各使归附，又逼天子拜表献土。左丞相吴坚、右丞相贾余庆、枢密使谢堂、参政家铉翁、同知刘岊五人，奉表北庭，号祈请使。贾幸国难②，自诡北人③，气焰不可向迩④。谢无识附和；吴老儒，畏怯不能争；刘狃邪小人⑤，方乘时取美官，扬扬自得⑥。

惟家公非愿从者⑦，犹以为赵祈请，意北主或可语，冀一见陈说，为国家有一线，故引决所未忍也⑧。五人之行，皆出北意。吴初以老病求免，且已许之，故表中所述，贾、谢、家、刘四人，吴不与焉。二月初八日，四人登舟，忽伯颜趣予与吴丞相俱入北⑨，予不在使者列。是行何为？盖驱逐之使去耳⑩。予陷在难中，无计自脱。初九日，与吴丞相同被逼胁，黾勉就船⑪。先一夕，予作家书，处置家事。拟翌日定行止⑫，行则引决，不为偷生，及见吴丞相、家参政，吴殊无殉国之意⑬，家则以为死伤勇⑭，祈而不许，死未为晚⑮。予以是徘徊隐忍⑯，犹冀一日有以报国。惟是贾余庆凶狡残忍，出于天性，密告伯颜，使启北庭⑰，拘予于沙漠，彼则卖国佞北⑱，自谓使毕即归，愚不可言也。谢堂已宿谢村，初九日，忽驾舟而回⑲，或谓唆都为之地，伯颜得贿而免。堂曲意奉北，可鄙恶尤多。诗记其事。

> 自说家乡古相州⑳，白麻风旨出狂酋㉑，
> 中书尽出除元表㉒，北渡黄河衣锦游㉓。贾

> 至尊驰表献燕城㉔，肉食那知以死争㉕，
> 当代老儒居首揆㉖，殿前陪拜率公卿㉗。吴

> 江南浪子是何官，只当穹庐杂剧看㉘，
> 拨取公卿如粪土㉙，沐猴徒自辱衣冠㉚。刘

公子方张奉使旗，行行且尼复何为[31]，
似闻倾尽黄金坞[32]，辛苦平生只为谁。谢

廷争堂堂负直声[33]，飘零沙漠若为情[34]，
程婴存赵真公志[35]，赖有忠良壮此行[36]。家

初修降表我无名，不是随班拜舞人[37]，
谁遣附庸祈请使，要教索虏识忠臣。

客子漂摇万里程，北征情味似南征，
小臣事主宁无罪[38]，只作幽州谪吏行[39]，

使旃尽道有回期[40]，独陷羁臣去牧羝[41]，
中尔含沙浑小事[42]，白云飞处楚天低。

① 使北：德祐二年（1276）二月初五日，恭帝率百官拜表祥曦殿，
正式降元。《宋史·瀛国公本纪》：二月丁酉朔，辛丑（初五
日）"率百官拜表祥曦殿，诏谕郡县使降。大元使者入临安
府，封府库，收史馆、礼寺图书及百司符印、告敕，罢官府及侍
卫军"。二月初八日，左丞相吴坚、右丞相贾余庆等五人，以
祈请使名义入大都（北京）请降，并强迫文天祥同往。
② 贾幸国难：贾余庆以国难为幸。
③ 诡：假冒，冒充。

④ 向迩:靠近。《书经·盘庚》:"若火之燎于原,不可向迩。"

⑤ 狎邪:轻亵、邪恶。

⑥ 扬扬自得:得意的样子。《史记·晏婴传》:"其夫为相御,拥大盖,策驷马,意气扬扬,甚自得也。"

⑦ 家公:即家铉翁,字则堂。

⑧ "故引决"句:所以不忍心自杀。引决,自杀。

⑨ "趣予"句:催促我与吴坚一同去大都。

⑩ "是行"二句:这次行动算什么呢? 是驱赶我前往罢了。

⑪ 黾勉:勉强。

⑫ 翌日:次日。

⑬ 殉国:为国而死。

⑭ "家则"句:家铉翁认为自杀不是勇敢的行动。伤,损害。

⑮ "祈而"二句:如果祈请(退兵),元朝不答应,那时再自杀也不晚。

⑯ 隐忍:见《后序》注。

⑰ 使启北庭:让伯颜禀告元朝廷。启:禀告。

⑱ 佞北:向元朝献谄。

⑲ 驾舟而回:驾船回归南宋。

⑳ 相州:地名。今河南省安阳县。

㉑ "白麻"句:贾余庆从北营放还,中书省布告天下州郡学士归附,全出于狂酋(元人)的意图。白麻,中书省出布告用黄麻或白麻。风旨,君主的旨意。

㉒ "中书"句:中书省包揽了给元朝的一切表文。除,给予。《诗经·小雅·天保》:"俾尔单厚,何福不除"郑玄笺:"除,皆开出以予之。"

㉓ 衣锦游:言富贵得势以后出游。《旧唐书·张士贵传》:"高祖谓之曰:'欲卿衣锦昼游耳'。"

㉔ "至尊"句:元兵进驻皋亭山,太皇、太后遣使者杨应奎奉玺向

元人乞降,时在德祐二年正月二十日。至尊,最高统治者。贾谊《过秦论》"吞二周而亡诸侯,履至尊而制六合。"燕城,地名,今北京。

㉕ 肉食:吃肉的人,喻有权势的人。《左传·庄公十年》:"肉食者谋之,又何间焉?"

㉖ "老儒"句:有名望的儒者,任首相职位。首揆,丞相。古代宰相为总百揆之官,后世居宰相之职非止一人,故称居首位者为首揆。揆,掌管。

㉗ "殿前"句:在敌人殿上吴坚率领公卿向敌人乞降拜倒。

㉘ "只当"句:只当观看在毡帐中演出的戏剧。穹庐,古代游牧民族居住的圆顶毡帐。

㉙ "拨取"句:获得元人的高官像粪土一样下贱。拨取,获取。

㉚ "沐猴"句:猕猴戴帽子,虚有仪表,徒然有辱衣冠。《史记·项羽本纪》:"人言楚人沐猴而冠耳,果然。"

㉛ 行行且尼:走走停停。尼,停止。

㉜ "似闻"句:指谢堂以重金贿赂伯颜才得逃归南宋。按,《钱塘遗事》卷九《祈请使行程记》:"初十日,枢使谢堂纳赂免行,遂回。"黄金坞,储藏黄金的土堡。《后汉书·董卓传》:"筑坞于郿,高厚七丈,号曰万岁坞,积谷为三十年储。自云:'事成,雄踞天下;不成,守此足以毕老。'""坞中珍藏有金二三万斤。"

㉝ "廷争"句:敢在敌人朝廷上力争,留下了耿直的美名。指家铉翁不肯在省札上画押降元。

㉞ 沙漠:宋人以为北京一带为沙漠地区。

㉟ 程婴存赵:据《史记·赵世家》记载,晋国景公打败赵国,杀赵王、赵朔及其家族。赵朔妻庄姬怀孕,生下男孩。晋景公想杀死男孩。赵王门客程婴为了保全赵王后代,把自己的儿子当作赵王后代奉给晋王,晋王信以为真,杀死了这个孩子。

程婴抱着赵王后代赵武藏匿山中,等到赵武成人即位,成为赵王,程婴自杀,以报答先他而自杀的公孙杵臼,完成了存赵的使命。这里指家铉翁为保存赵宋王朝出力。

㊱"赖有"句:有家铉翁随行,可壮行色。

㊲"不是"句:谓我不是随降者贾余庆等人去跪拜元人的人。

㊳"小臣"句:我在宋朝做大臣,服事于君主,宋朝有国难,我怎能没有罪过。

㊴"只作"句:只把自己当作由宋朝贬谪去幽州的贬官。幽州,地名,今燕京一带古称幽州。谪吏,贬职去远地做官的人。

㊵"使旆"句:打着祈请使旗号的那班人都说可以回去。

㊶"独陷"句:我天祥独陷北方永远难归。牧羝,放牧公羊。据《汉书·苏武传》载:"(匈奴)乃徙武北海上无人处,使牧羝,羝乳乃得归。"也即等公羊产乳才让苏武归去。

㊷"中尔"句:被你们阴谋中伤都是小事。含沙,相传有一种称蜮的动物,居水中,听到人声,以气为矢,因激水而射人,或含沙以射人。被射中的人皮肤发疮,中影者亦病。后因称阴谋中伤他人为含沙射影。这里指序中所说:贾余庆"密告伯颜,使启北庭,拘予于沙漠。"

# 卷之二

　　第二卷的内容，据《指南录·后序》说："发北关外，历吴门、毗陵，渡瓜州，复还京口，为一卷。"写文天祥于德祐二年二月初八日被迫从皋亭山元人兵营出发，经过苏州、无锡、常州（即毗陵）、京口渡往瓜洲，复还镇江，直到二月二十九日中午从京口（镇江市）逃走。历时二十二天。第二卷共有诗十五题，二十首。其中《思小村》（刘）是《指南录》中唯一一首骚体诗。

## 杜架阁①

　　天台杜浒，字贵卿，号梅壑，纠合四千人，欲救王室，当国者不知省②。正月十三日，见予于西湖上。予嘉其有志，颇奖异之。十九日，客赞予使北，梅壑断断不可③，客逐之去。予果为北所留。后二十日，驱予北行，诸客皆散，梅壑怜予孤苦，慨然相从，天下义士也。朝旨特改宣教郎，除礼兵架阁文字。

　　**仗节辞王室，悠悠万里辕④。**

诸君皆雨别⑤，一士独星言⑥。

啼鸟乱人意，落花销客魂⑦。

东坡爱巢谷，颇恨晚登门⑧。


昔趋魏公子⑨，今事霍将军⑩。

世态炎凉甚⑪，交情贵贱分。

黄沙扬暮霭，黑海起朝氛⑫。

独与君携手，行吟看白云⑬。


① 杜架阁：即杜浒，台州黄岩人，官职为礼兵架阁文字，故称。

② 省：觉悟。

③ 断断：绝对。用于否定句式。

④ "仗节"二句：手执符节辞别朝廷，乘车而行，路途有万里之遥。仗节，手执出使用的符节。辕，车前两旁的长木，这里借代车子。

⑤ 雨别：离散。唐代独孤及《海上寄萧立》："契阔阻风期，荏苒成雨别。"

⑥ "一士"句：唯有杜浒一人跟随我星夜驾车出行。星言，《诗经·鄘风·定之方中》"星言夙驾"之省略语。夙驾，早起驾车出行。

⑦ "落花"句：春天花落使天祥伤悲。销魂，谓为情所感，若魂魄离散。南朝梁代江淹《别赋》："黯然销魂者，唯别而已矣。"

⑧ "东坡"二句：苏东坡（即宋诗人苏轼）与巢谷为同乡好友。苏轼、苏辙兄弟二人在朝廷任职时，巢谷没有登门攀缘。后来苏轼、苏辙被贬谪出京，远放广东儋耳和广东循州，当年朋友

皆疏远不再往来,而巢谷年已七十三岁,竟抱病徒步到循州安慰苏辙,在往儋耳访苏轼途中,走到新州时(今广东新兴县)病死。苏轼很伤心。这里以巢谷喻杜浒的深情厚谊。后一句说跟杜浒相识恨晚。

⑨ "昔趋"句:就像投奔信陵君门下的人一样,趋炎附势。魏公子,即战国时魏国公子无忌,魏昭王的小儿子,魏安厘王的异母弟,被封为信陵君。为人仁而下士,周围数千里之士争往归之,致使门客有三千人。

⑩ "今事"句:就像卫青门下宾客多数改投霍去病门下一样。据《汉书·霍去病传》记载,元狩三年,霍去病征伐匈奴归来,封冠军侯为骠骑将军,权势日重,卫青门下宾客改投霍去病以获取官爵。

⑪ "世态"句:人情忽热忽冷,太反复无常。

⑫ "黄沙"二句:北方傍晚时分黄沙飞扬,早晨时分空气污浊。

⑬ "行吟"句:在北往途中与杜浒一边走一边作诗,一边看白云。白云,隐含思亲之意。《旧唐书·狄仁杰传》:"其亲在河阳别业,仁杰赴并州,登太行山,南望见白云孤飞,谓左右曰:'吾亲所居,在此云下。'瞻望伫立久之,云移乃行。"

# 闻 鸡

　　自入北营,未尝有鸡唱,因泊谢村①,始有闻。是夜几与梅墅逃去②。二更③,遣刘百户二三十人拥一舟来,逼下船,遂不果。

军中二十日,此夕始闻鸡。
尘暗天街静④,沙长海路迷⑤。

铜驼随雨落⑥，铁骑向风嘶。
晓起呼詹尹，何时脱蒺藜⑦。

① 泊：船靠岸。谢村：地名。在今浙江杭州城北郊。
② 梅壑：杜浒的号。详见《杜架阁》。
③ 二更：旧时计算夜间时刻，分成五更，每更之间隔两小时，二
　更在夜六时至八时。
④ "尘暗"句：夜色沉黑，街道寂静。天街即京城中的街道。唐
　代王建《宫词》："天街夜色凉如水，卧看牵牛织女星。"
⑤ "沙长"句：写江上景色。
⑥ 铜驼：见《求客》诗注①。
⑦ "晓起"二句：早晨起来招占卜者，询问何时可以挣脱元兵的
　羁绊。詹尹，古代占卜者之名。屈原《卜居》："心烦意乱，不
　知所从，往见太卜郑詹尹。"蒺藜，喻北营，详见卷一第一篇
　《纪事》注㉚。

# 命　里

　　二月初十夜，为刘百户者所迫①，中原人，尚可告语
也。贾余庆语铁木儿曰："文丞相心肠别。"翌日早②，铁木
儿自驾一舟来，令命里千户捽予上船③，凶焰吓人，见者莫
不流涕。命里高鼻而深目，面毛而多须，回回人也④。

熊罴十万建行台⑤，单骑谁教免胄来⑥。
一日捉将沙漠去⑦，遭逢碧眼老回回⑧。

① 刘百户:姓刘的百户官。原为中原人,后投降元人。百户,官名。元朝设置,为卫所之官,掌兵百人,官与兵多世袭。

② 翌日:次日。

③ 命里千户:叫命里的千户官。千户,官名,元朝卫所掌兵千人的武官。捽(zuó):揪住。

④ 回回:信仰伊斯兰教的民族。

⑤ 熊罴:熊和罴,都是食肉猛兽。比喻勇猛的武士。《书经·牧誓》:"如虎如貔,如熊如罴。"罴,熊的一种,俗称人熊或马熊。行台:专为征战而设的官职,统制各路的军事。文天祥曾任浙西江东制置大使,兼江西安抚大使,故谓建行台。

⑥ "单骑"句:是谁教我单身赴高亭山敌营谈判的呢。有自嘲之意。单骑,见第一卷《铁错》诗注。免胄,脱下头盔,解下武装。《左右·鲁僖公三十二年》:"秦师过周北门,左右免胄而下。"

⑦ 沙漠:这里指北方地区。在文天祥心目中北方为干旱沙漠地区。

⑧ "遭逢"句:碰上了高鼻碧眼的回人。指元兵。

# 留远亭①

十一日,宿处岸上,有留远亭。北人然火亭前②,聚诸公列坐行酒。贾余庆有名"风子"③,满口骂坐,毁本朝人物无遗者,以此献佞④,北惟亹亹笑⑤。刘岊数奉以淫亵⑥,为北所薄⑦。文焕云:"国家将亡,生出此等人物。"予闻之,悲愤不已。及是,诸酋专以为笑具。于舟中取一村妇至亭中,使荐刘寝,据刘之交坐⑧,诸酋又嗾妇抱刘以为戏。衣冠扫地,殊不可忍!则堂尤愤疾云。

甘心卖国罪滔天⑨，酒后猖狂诈作颠⑩，
把酒逢迎酋虏笑⑪，从头骂坐数时贤⑫。贾

落得称呼浪子刘，樽前百媚佞旃裘⑬，
当年鲍老不如此⑭，留远亭前犬也羞。刘

① 留远亭：在长江岸边，具体位置不详，现不存。
② 然：同"燃"，烧。
③ 风子：即疯子。风通"疯"。宋代张世南《游宦纪闻》："（杨凝式）虽仕历五代，以心疾闲居，故时人目以风子。"
④ 佞：用花言巧语谄媚人。
⑤ 亹亹：通"娓娓"，不倦的样子。
⑥ 淫亵：放荡下流的样子。
⑦ 薄：鄙视，看不起。
⑧ 据：跨。交坐：交膝而坐。
⑨ 滔天：原形容水势浩大，弥漫天际。此处比喻罪恶极大。
⑩ 颠：疯癫。
⑪ 酋虏：元人头目。
⑫ 数时贤：数落责骂现时宋代的贤人。
⑬ "樽前"句：刘岊在酒席上百般献媚讨好元人。樽，盛酒器。旃裘，古代北方游牧民族用皮毛制成的衣服。此处指代元人。蔡琰《胡笳十八拍》："旃裘为裳兮骨肉震惊。"
⑭ "当年"二句：当年丑角鲍老也没有这样无耻；留远亭前刘岊的丑态，连狗见了也会觉得害羞。鲍老，古代戏剧脚色名。宋代陈师道《后山诗话》引杨大年《傀儡》诗："鲍老当筵笑郭郎，笑他舞袖太郎当。"

# 平江府<sup>①</sup>

予过吴门<sup>②</sup>,感念凄怆<sup>③</sup>。向使朝命不令入卫,严速予以死守,不死于是,即至今存可也<sup>④</sup>。予托病卧舟中。旧吏三五人来。遗民闻吾经过<sup>⑤</sup>,无不垂涕者。舟到一时顷<sup>⑥</sup>,即解缆夜行九十里,北似防我云。

楼台俯舟楫<sup>⑦</sup>,城郭满干戈。

故吏归心少<sup>⑧</sup>,遗民出涕多。

鸠居无鹊在<sup>⑨</sup>,鱼网有鸿过<sup>⑩</sup>。

使遂睢阳志<sup>⑪</sup>,安危今若何。

① 平江府:地名。今江苏苏州。
② 吴门:地名。今江苏苏州。
③ 凄怆:伤心。
④ "向使"四句:假使朝廷不命令我离开平江府领兵赴独松关守卫,严命我死守平江,我又不死在平江保卫战中,即使到今天,平江府可能还不会陷落。据文天祥《纪年录·乙亥》记载"德祐元年九月,知平江府。十月,独松关急,趋师入卫,辞以吴门空虚,愿分兵戍守,命再下,还师。"速,通"敕"。
⑤ 遗民:前朝留下的人。这里指元人统治下的原宋朝的老百姓。
⑥ 一时顷:一会儿,片刻。·
⑦ "楼台"句:船只在楼台下经过。舟楫,船和桨,这里指代船只。

⑧ "故吏"句:意谓旧时宋朝官员很少有恢复宋朝江山的志向。

⑨ "鸠居"句:语出《诗经·召南·鹊巢》:"维鹊有巢,维鸠居之。"谓喜鹊筑巢,鸠鸟却占据了鹊巢。此指元人统治者侵夺了家园。

⑩ "鱼网"句:语出《诗经·邶风·新台》:"鱼网之设,鸿则离之。"(想捕鱼而张网,谁知大雁落了网)鸿,雁之大者。这里作者自比鸿雁,意谓出使北营乃自投罗网。

⑪ "使遂"句:据《旧唐书·忠义传》记载,唐代安史之乱时,名将张巡守睢阳(今河南商丘),粮食吃尽,张巡杀死爱妾,让士兵充饥。敌人攻城时,士兵发病不能应战。张巡说:我活着不能报答陛下,死了复为鬼,也要以瘟疫击退敌人。最后张巡被杀。末二句是说,假如像张巡死守睢阳一样,我死守平江,安危还难以论定呢。

# 无 锡

　　己未①,予携弟璧赴廷对②,尝从长江入里河,趋京口③。回首十八年④,复由此路。是行驱之入北,感今怀昔,悲不自胜。

金山冉冉波涛雨,锡水泯泯草木春⑤。

二十年前曾去路⑥,三千里外作行人。

英雄未死心为碎,父老相逢鼻欲辛⑦。

夜读程婴存赵事⑧,一回惆怅一沾巾⑨。

① 己未:即宋理宗开庆元年(1259),文天祥二十三岁。文璧时

年二十一岁。

② 廷对：科举时代，皇帝主持的殿试。文天祥之弟文璧由理宗主持殿试，得中武进士。

③ "尝从"二句：文天祥从家乡江西庐陵吉水赴京城临安廷对，乘船走长江，到京口（镇江）再转入运河往南航行。

④ 十八年：己未廷对，到德祐二年丙子（1276）驱之入北，恰为十八年。

⑤ "金山"二句：首句记叙十八年前文山携弟文璧赴宋都临安应试所见，金山隐隐约约，雨落江中，波涛阵阵。金山，在镇江，山上有金山寺。冉冉，迷离貌。后句记叙十八年后德祐二年（1276）被羁押北去大都（北京）途中路过无锡，系缆黄埠墩，舟中见到运河水清清、两岸草木春荣。泯泯，水清貌。

⑥ 二十年：实为十八年，为了与下句"三千"对偶，故举成数。

⑦ 辛：酸痛。

⑧ "夜读"句：参看卷一《使北》诗注㉟。

⑨ "一回"句：每次伤感，都会流泪沾湿巾帕。


# 吊五木①


　　予初以朝廷遣张全将淮兵二千救常州②，以其为淮将，必经历老成③，遂遣朱华将三千人从之。张全无统驭之材④，自为畦町⑤。十月二十六日，提淮军自往横林⑥，设伏虞桥⑦。北兵至，麻士龙⑧死之。张全不救，走回五木。五木乃朱华军所驻，如掘沟堑⑨，设鹿角⑩，张全皆不许朱华措置，殊不晓其意。二十七日，北兵薄朱华⑪，自辰至未⑫，朱华与广军与之对，北兵自路塘直来⑬，死于水者不可胜计。至晚,北兵绕山后薄赣军,尹玉当之⑭,曾全、胡遇、谢云、曾玉先遁走⑮。尹玉死焉。张提军隔岸,不发一矢,有利灾乐祸之心⑯。吾军渡水,挽张全军船,张全令诸军断挽船者之指⑰,于是溺死者甚众⑱,张全并宵遁⑲,惟尹玉残军五百人与北兵角一夕⑳。杀北兵及马,委积田间。质明㉑,止有四人得归,无一人降者。呜呼!使此战张全稍施援手㉒,可以大胜捷。一夫无意㉓,而事遂关宗社㉔。呜呼,天哉!余初欲先斩张全,然后取一时败将并从军法,以张全为朝廷所遣,请于都督,乃宥张全,使自赎㉕,予遂不及行法,后诣余杭,发京师,姑取曾全以徇众㉖,而噬脐多矣㉗。过五木,吊战场,为之流涕不可御。续闻张全者,淮东之偾将也㉘,昨随许文德复清河,兵已入城,张全鸣金散众。许不敢以斩将自专,解赴制阃李公㉙,以使过期之㉚,得不死。予不知受其误,其免罪又出于第二次侥幸,卒为降北㉛,可叹恨云。

> 首赴勤王役㉜,成功事则天㉝。
> 富平名委地㉞,好水泪成川㉟。
> 我作招魂想㊱,谁为掩骼缘㊲。
> 中兴须再举,寄语慰重泉㊳。

① 五木:地名。又名五牧,在常州东南与无锡交界处。宋恭帝德祐元年十月二十六日宋兵与元兵在此交战而失败,宋兵死伤甚多。

② 张全:宋朝驻淮东的将军。

③ 老成:老练。

④ 统驭:统领,驾驭。

⑤ 自为畦町:谓自守一体,不与他人协作。畦町,地垄,田界。引申为规矩、格式。

⑥ 横林:地名。在江苏常州市东郊。

⑦ 虞桥:桥名。在横林镇南。

⑧ 麻士龙:宋朝将军。

⑨ 如:应当。

⑩ 鹿角:古代阵地营寨前的一种防卫工事。把带枝的树木削尖,半埋入地,以阻止敌人闯入。

⑪ 薄,逼近。《书经·益稷》:"外薄四海,咸建五长。"晋李密《陈情表》:"但以刘日薄西山,气息奄奄,人命危浅,朝不虑夕。"

⑫ 自辰至未:古代以子、丑、寅、卯、辰、巳、午、未、申、酉、戌、亥等十二字计时,每字两小时。辰时约上午十点钟左右,未时约在下午四点钟左右。

⑬ 路塘:地名。在江苏常州东北郊。

⑭ 尹玉:宋朝将军。详见下篇注。

⑮ "曾全"等四人:均为宋朝将军。

⑯ 利灾乐祸:以对方的灾祸为乐。利,以……为利。乐,以……为乐。

⑰ "张全"句:张全下令部下砍断攀附船只人的手指。

⑱ 溺死:淹死。

⑲ 宵遁:在夜里逃走。

⑳ 角:较量、竞争。《孙子·虚实》:"角之,而知有余不足处。"

㉑ 质明:天刚亮的时候。《仪礼·士冠礼》:"摈者请期,宰告曰:'质明行事。'"郑玄注:"质,正也。"

㉒ 援手:《孟子·离娄(上)》:"天下溺,援之以道;嫂溺,援之以

手。"本谓执其手而救之,后泛用为救助之义。

㉓ 一夫:一人。此指张全。

㉔ 宗社:宗庙社稷。泛指国家。

㉕ 宥:宽免、赦罪。《易解》:"君子以赦过宥罪。"自赎:自己以功劳折赎罪过。

㉖ 徇众:顺从众人的心意。这里指处死曾全。

㉗ 噬脐:人咬自己肚脐是咬不到的。比喻后悔莫及。《左传·庄公六年》:"亡邓国者,必此人也。若不早图,后君噬齐。"(按,齐即脐。)

㉘ 偾将:败将。偾,倒覆、僵仆,此指失败。

㉙ 制阃:统领一方军事的将帅。李公:即淮东制置使李庭芝。

㉚ 使过:谓使用有过失的人,让其将功补过。《后汉书·索卢放传》:"夫使功者不如使过。"

㉛ 降北:(张全)投降元兵。

㉜ "首赴"句:为保卫宋朝皇帝,第一次前往救援。勤王,君主统治受到威胁时,臣子起兵救援。

㉝ 则天,以天为法。这里指效忠皇帝。

㉞ "富平"句:据说张全为汉代将军张安世的后裔。《汉书·张安世传》:右将军安世,辅政宿卫,肃敬不怠,十有三年,社会安定,亲人和睦,重用贤人,世道似唐虞时代,封为富平侯。这里指张全降敌,把张家好名声也败坏了。

㉟ "好水"句:好水川变成泪水河。喻悲痛至极。好水川,河名。今名甜水河,在宁夏隆德县东。《宋史·夏国传》载总管任福,于宋代仁宗康定二年(1041)率师抵御西夏兵,战死于此。这里指尹玉战死于常州五木运河边。

㊱ 招魂:古代迷信,招回死者的灵魂。这里指尹玉等人的魂灵。

㊲ "谁为"句:谁有掩埋尸骨的缘分。《礼·月令·孟春之月》:"毋置城郭,掩骼埋胔。"注"骨枯曰骼,肉腐曰胔。"

○38 "中兴"二句：决心为中兴而再干，以此来安慰九泉下的死者。这里指尹玉。

# 哭尹玉①

尹玉，江西宪司将官②。五木之战，手杀七八十人。其麾下与北兵战，拼死无一降者。朝廷赠濠州团练使，立庙，与二子官承节郎，下江西安抚使，拨赐良田二百亩。其间以捕寇死者何限③，惟玉得其死所④，恤典非细，哀荣备焉⑤。

团练濠州庙赣川⑥，官其二子赐良田。
西台捕逐多亡将，还有焚黄到墓前⑦？

① 尹玉：《宋史·忠义传》中有记载。尹玉，江西宁都人，因搜捕盗贼有功，封为赣州三寨巡检，勇敢善战，跟随文天祥勤王。在江苏常州市郊五木战役中，曾率义士殊死作战，手杀敌七八十人，身上中箭如同刺猬，最后被敌人俘去，活活打死。
② 宪司：宋官名。即诸路提点刑狱公事，宋代景德四年设置，负责调查疑难未决的案件，劝课农桑，和代表王室考核官吏等事。
③ 何限：无数。
④ 得其死所：谓死得有意义。
⑤ "恤典"二句：葬仪隆重，抚恤照顾优厚，死后哀荣完备。
⑥ 庙赣川：建立尹玉祭庙于赣江边。赣川，赣江。

⑦ 焚黄:古代凡品官新受恩典,祭告家庙祖坟,告文用黄纸书写,祭毕即焚去,谓之焚黄。后亦称祭告祝文为焚黄。宋代王禹偁《送密直温学士西京迁葬》:"留守开筵亲举白,故人垂泪看焚黄。"

# 常　州①

常州,宋睢阳郡也②。北兵愤其坚守,杀戮无遗种③。死者忠义之鬼,哀哉!

山河千里在,烟火一家无④。

壮甚睢阳守⑤,冤哉马邑屠⑥。

苍天如可问,赤子果何辜⑦。

唇齿提封旧⑧,抚膺三叹吁⑨。

① 常州:地名。城濒临京杭运河。

② "常州"句:这是说,宋代官兵将军死守常州五木,犹如唐代名将张巡死守河南睢阳一样。德祐元年,元兵首领伯颜围常州,知州姚訔(yín)率全城军民死守抗战。伯颜招降,姚等不从,壮烈牺牲。城破,伯颜即杀戮全城无辜者。

③ 遗种:遗留的人。

④ "山河"二句:意为千里无人烟。烟火,炊烟。

⑤ "壮甚"句:见《平江府》注。

⑥ "冤哉"句:像汉代匈奴人在马邑城屠杀一样,常州受到元兵的杀戮,多么冤枉啊!

⑦ "赤子"句:人民有什么过错呢?赤子,婴儿。引申为子民百

姓,显示皇帝爱民如同爱婴儿之意。

⑧ 唇齿:常州与临安是嘴唇与牙齿相依的关系,意即常州失守,临安也就危急。唇齿即唇齿相依,比喻关系密切,互相依靠。《三国志·魏志·鲍勋传》:"王师屡征而未有所克者,盖以吴、蜀唇齿相依,凭阻山水,有难拔之势故也。"提封,版图。

⑨ 抚膺:按着胸脯。李白《蜀道难》:"扪参历井仰胁息,以手抚膺坐长叹。"

# 镇 江①

至京口②。予以十八年曾自镇江趋京③,今自京趋镇江。俯仰感叹,为之流涕。

铁瓮山河旧④,金瓯宇宙非⑤。
昔随西日上,今见北军飞⑥。
豪杰非无志,功名自有机⑦。
中流怀士稚⑧,风雨湿双扉⑨。

① 镇江:地名,在江苏境内,长江岸边,对岸是扬州。

② 京口:地名,今江苏镇江。

③ "予以"句:谓十八年前,即宋理宗开庆元年(1259),文天祥陪同弟弟文璧从镇江换船赴京参加殿试。趋,赶往。京,指南宋都城临安。

④ 铁瓮:江苏镇江的子城。相传为三国吴大帝(孙权)所建,内外皆甃以甓。以其坚固如金城,故号铁瓮城。

⑤ 金瓯:黄金之瓯。喻疆土完整坚固。《梁书·侯景传》:"梁武

帝(肃衍)曾夜出视事,至武德阁,独言:'我国家犹若金瓯,无一伤缺。'"二句是说镇江面貌依旧,却已为元人所侵占。

⑥ 北军:指元兵。

⑦ 机:际遇,机缘。

⑧ "中流"句:船行河中时,想起有志气的祖逖。据《晋书·祖逖传》载,东晋初,祖逖任豫州刺史,渡江北伐符秦,中流击楫而誓曰:"祖逖不能清中原而复济此,有如大江!"士稚,祖逖的字。

⑨ "风雨"句:风雨打湿了两扇船门。扉,门。表明当日有风雨。

# 渡瓜洲①

　　诸祈请使十八日至镇江府②,阿术在瓜洲③,即请十九日渡江,至则鲜腆倨傲④,令人裂眦⑤。诸公皆与之语,予始终无言。后得之监守者云:"阿术言文丞相不语,肚里有偻俉⑥"。彼知吾不心服也。

　　跨江半壁阅千帆⑦,虎在深山龙在潭⑧。
　　当日本为南制北,如今翻被北持南⑨。

　　眼前风景异山河⑩,无奈诸君笑语何。
　　坐上有人正愁绝,胡儿便道是偻俉⑪。

① 瓜洲:地名。在江苏邗江县南,大运河入长江处。与镇江市相对。亦作瓜州。

② 十八日:为德祐二年正月十八日。

③ 阿术：元朝左丞相，即攻占淮东的统帅。

④ 鲜腆：少善。倨傲：傲慢。

⑤ 裂眦：恼怒时眼睛瞪得很大，眼眶像要裂开一样。《淮南子·泰族》："荆轲西刺秦王，高渐离、宋意为击筑而歌于易水之上，闻者莫不瞋目裂眦，发直穿冠。"眦，眼眶。

⑥ 偻㑛：狡猾。宋代罗大经《鹤林玉露》十五卷："偻㑛，俗言猾也。"

⑦ 跨江：瓜洲在江心，故说跨江。

⑧ "虎在"句：龙虎均为天祥自喻，无机会施展才能。

⑨ "如今"句：现在反而元朝挟持了宋朝。北，指元朝，南，指宋朝。翻，反而。

⑩ "眼前"句：据《晋书·王导列传》载，西晋末中原战乱频仍，过江人士，每至暇日，相邀至新亭饮宴。周侯中坐而叹曰："风景不殊，举目有山河之异。"皆相视流涕。唯王导愀然变色曰："当共勠力王室，克复神州，何至作楚囚相对泣邪！"后以此喻忧国忧时的悲痛心情。

⑪ 胡儿：对元人的鄙称。此指元朝左丞相阿术。


# 吊战场

连年淮水上①，死者乱如麻②。
魂魄丘中土，英雄粪上花③。
士知忠厥主④，人亦念其家⑤。
夷德无厌甚⑥，皇天定福华⑦。

① 淮水上:指淮河流域扬州等地区。

② "死者"句:形容战争中死亡人数多。李白《蜀道难》:"朝避猛虎,夕避长蛇,磨牙吮血,杀人如麻。"

③ "魂魄"二句:宋军将士战死而成为一抔黄土;当年抗元的英雄,现今不过是粪土上的花。

④ "士知"句:战士知道忠诚于他们的君主,所以愿意慷慨赴死。厥,其,他的或他们的。

⑤ "人亦"句:战死的人们生前也想念他的家庭。杜牧《阿房宫赋》:"秦爱纷奢,人亦念其家。"

⑥ "夷德"句:元朝人贪得无厌到达极点。夷,对外族人的鄙称。

⑦ "皇天"句:谓老天一定会保佑宋朝。福,保佑。华,中华,此指宋王朝。

# 回京口①

　　予回京口,幸得间问舟②,为脱去计。连日不如志,赋是诗。

> 早作田文去,终无苏武留③。
> 偷生宁伏剑④,忍死欲焚舟⑤。
> 逸骥思超乘⑥,飞鹰志脱鞲⑦。
> 登楼望江上,日日数行艘⑧。

① 京口:今江苏镇江。

② 得间:得到机会。《后序》:"予得间奔真州。"问舟:访求船只。

③ "早作"二句:据《史记·孟尝君列传》记载:田文即孟尝君,战

国时代齐国人。赴秦,被昭王扣留。昭王企图杀害他。田文派人向秦昭王宠姬求救,劝说昭王赦免。秦昭王从之,田文得以获释。苏武,汉武帝时代人,出使匈奴被拘押十九年。这两句诗是说早像田文一样逃走了之,就不会像苏武一样被敌人拘押了。

④ "偷生"句:苟且偷生,不如在剑上一死。偷生,苟且求活。《李陵答苏武书》:"子卿视陵,岂偷生之士而惜死哉!"

⑤ "忍死"句:决心一死。焚舟,烧船。《左传·文公三年》:"秦伯伐晋,济河焚舟。"比喻做事下定决心,誓死不返顾。唐代雍陶《离家后作》"出门便作焚舟计,生不成名死不归。"

⑥ "逸骥"句:超群的骏马想着奔驰。超乘,疾奔。

⑦ 脱鞲(gōu):摆脱猎人的管束,获得自由。鞲,革制臂衣,打猎时用以停立猎鹰。

⑧ 数行艘:计数着江上的行船,盼望搭船逃离。


# 思小村 刘①

春云惨惨兮②,春水漫漫③。

思我故人兮④,行路难⑤。

君辕以南兮,我辕以北⑥。

去日以远兮,忧不可以终极。

蹇予马兮江皋⑦,式燕兮以游遨⑧。

念我平生兮,思君郁陶⑨。

在师中兮,岂造次之可离⑩。

忠言不闻兮，思君忸怩⑪。

毫厘之差兮，天壤易位⑫。

驷不及舌兮⑬，脐不可噬⑭。

思我故人兮怀我亲。

怀我亲兮思故人。

怀哉怀哉，不可忍兮，不如速死。

慨百年之未半兮⑮，胡中道而遄止⑯？

鲁连子兮，义不帝秦⑰。

负元德兮，羽不名为人⑱。

委骨草莽兮⑲，时乃天命。

自古孰无死兮，首丘为正⑳。

我行我行兮，梦寐所思。

故人望我兮，胡不归，胡不归？㉑

① 小村：即卷一《所怀》序中所说"引兵而南"者。此书为骚体，《指南录》唯一的骚体诗。骚体诗，起源于战国时代诗人屈原作的《离骚》诗，特征是诗句语尾带"兮"（啊）字。

② 惨惨：昏暗的样子。三国魏国王粲《登楼赋》："风萧瑟而并兴兮，天惨惨而无色。"

③ 漫漫：遍布的样子。

④ 故人：老朋友。

⑤ 行路难：谓人事多险，世路艰难。唐代白居易《行路难》："行路难，不在水，不在山，只在人情反复间。"

⑥"君辕"二句：这是说刘小村引兵而南，文天祥却被驱北。

⑦蹇：停留。江皋：江滨。

⑧"式燕"句：欢宴宾客并遨游江滨。语出《诗经·小雅·鹿鸣》："我有旨酒，嘉宾式燕以敖。"式，语助词，无义。燕通"宴"，宴会。

⑨郁陶：忧思愤激积聚的样子。《孟子·万章上》："郁陶思君尔。"

⑩造次：须臾，片刻。

⑪思君忸怩：很惭愧地想念您。忸怩，羞愧的样子。《书经·五子之歌》："郁陶乎予心，颜厚有忸怩。"忸怩，羞不能言，心惭之状。

⑫"毫厘"二句：一个小的误差，造成天壤之别。天壤：天与地。

⑬驷不及舌：言已出口，驷马难追。

⑭脐不可噬：又作噬脐不及，比喻后悔来不及了。

⑮"慨百年"句：这年文天祥为四十岁，接近半百，故云。

⑯"胡中道"句：怎么在半路迅速中止了呢？遄（chuán），疾速。

⑰"鲁连"二句：鲁连即鲁仲连，战国时代齐国人。据《史记·鲁仲连列传》记载，鲁仲连喜为人排难解纷。游于赵国时，秦国围攻赵国邯郸，赵国告急。魏使辛垣衍请赵国国王以秦为帝，必罢兵。鲁仲连说服辛垣衍离开赵国。秦国将领闻言，退兵五十里。

⑱负元德：辜负了大德。元德，此处指王者的大德。《国语·楚上》："故尧有丹朱，舜有商均，唐有五观，汤有太甲，文王有管蔡，是五王者，皆有元德也。"羽不名为人：谓项羽不能称为人。按，项羽先立楚怀王，后又杀之，虽灭秦有大功，但文天祥认为他不义。

⑲委骨草莽：见《后序》注⑰。

⑳首丘为正：见《后序》注⑳。

㉑ 胡不归:为什么不归来?《诗经·邶风·式微》:"式微式微,
胡不归?"

# 沈颐家<sup>①</sup>

予回京口<sup>②</sup>,北人款之府中<sup>③</sup>。予不得离岸上,得沈颐
家坐卧。北不意予为逃计也。

> 孤舟霜月迥<sup>④</sup>,晓起入柴门<sup>⑤</sup>。
> 断岸行簪影<sup>⑥</sup>,荒畦落履痕<sup>⑦</sup>。
> 江山浑在眼<sup>⑧</sup>,宇宙付无言。
> 昨夜三更梦,春风满故园<sup>⑨</sup>。

① 沈颐:镇江城内的市民,生平不详。文天祥逃脱元人魔掌,赖
   他帮助不少。
② 京口:今江苏镇江市。
③ 款:招待。
④ "孤舟"句:在孤单的船上,看见寒月高挂夜空。
⑤ "晓起"句:凌晨来到沈颐家中。柴门,用树条编扎的简陋的
   门。指百姓人家的门。杜甫《南邻》:"白沙翠竹江村暮,相送
   柴门月色新。"
⑥ 簪影:人影。簪,古人用来绾定发髻或冠的长针。古代男子
   也用。杜甫《春望》:"白头搔更短,浑欲不胜簪。"
⑦ 荒畦:荒废的田地。履痕:脚印。
⑧ 浑:全部。
⑨ 故园:旧家园,故乡。

# 卷之三

　　第三卷的内容,据《指南录·后序》说:"脱京口,趋真州、扬州、高邮、泰州、通州,为一卷。"表现诗人文天祥这样一段生活:德祐二年二月二十九日夜,从镇江逃脱元兵的魔掌,溯流而上金山,又奔往江北仪征,流亡在扬州、高邮、泰州、南通等地。上述地区大多在宋朝政府管辖下,但敌人屡次来犯,敌我双方势力犬牙交错。文天祥一行多次遇上元兵队伍,原因就在这里。况且宋朝守将对文天祥有误解。整个时间从德祐二年(公元1276年)二月二十九日夜,到同年三月二十四日,历时二十五天。第三卷有诗四十二题。八十九首。其中《高沙道中》是长诗,是唯一的长诗,一百七十二句。

## 脱京口<sup>①</sup>

　　二月二十九日夜,予自京口城中,间道出江浒登舟<sup>②</sup>,泝金山<sup>③</sup>,走真州<sup>④</sup>,其艰难万状,各以诗记之。

① 脱京口：这是一组诗的题目。下列有《定计难》等十五首带"难"字的诗。京口，今江苏镇江。

② 间（jiàn）道：偏僻的小路。《史记·淮阴侯列传》："选轻骑二千人，人持一赤帜，从间道萆山而望赵军。"江浒：长江之滨。浒（hǔ），水边。

③ 泝：逆流而上。金山：山名。在江苏镇江市西北，屹立长江中。

④ 走真州：逃往真州。当时真州（今江苏仪征）是苏北没有陷落之城，守将苗再成坚守城池不降敌，故文天祥产生逃往真州避难之想法。


# 定计难

予在京城外①，日夜谋脱，不得间者②。谢村几去③，至平江，欲逃，又不果。至镇江，谋益急，议趋真州，杜架阁浒与帐前将官余元庆实与谋④。元庆，真州人也。杜架阁与予云："事集万万幸⑤，不幸谋泄，皆当死，死有怨乎？"予指心自誓云："死靡悔⑥！"且办匕首⑦，挟以俱，事不济自杀⑧。杜架阁亦请以死自效，于计遂定。

南北人人苦泣岐⑨，壮心万折誓东归⑩。
若非研案判生死，夜半何人敢突围⑪。

① 京城：南宋都城临安（今浙江杭州市）。

② 间：机会。

③ 谢村：村名，在杭州市北郊。文天祥与杜浒几乎在此逃走。谢堂在此村得机会逃归临安城中。见第二卷《闻鸡》诗小序。

④ 帐前将官:谓军营中将领。帐,军中营帐。

⑤ 事集:事情办成功。集,成功。《书经·泰誓上》:"大勋未集。"

⑥ 死靡悔:死而不悔。靡,无,不。

⑦ 匕首:短剑。头像匕,故此命名为匕首。

⑧ 济:成功。

⑨ 泣岐:在歧路上哭泣。岐,同"歧"。《淮南子·说林》:"杨子见歧路而哭之,为其可以南可以北。"

⑩ "壮心"句:救宋的壮志虽经千万次的挫折,但是立志要回南宋去。

⑪ "若非"二句:要不是下定一死的决心,半夜里谁敢突围逃跑呢? 斫案,用刀斧砍桌。古人表示决心时的一种动作。《资治通鉴·献帝建安十三年》:"因拔刀斫前奏案。"

## 谋人难

杜架阁如颠狂人①,醉游于市,遇有言本朝而感愤追思者②,即捐金与之,密告以欲遁之谋③,无不愿自效,以无舟而辍④。前后毋虑十数⑤,其不谋泄,真幸耳。

一片归心似乱云⑥,逢人时漏话三分⑦。

当时若也私谋泄,春梦悠悠郭璞坟⑧。

① 杜架阁:即杜浒。颠狂人:忧愤而狂的人。

② 本朝:即宋朝。感愤追思:感激愤怒和怀念(宋朝)。

③ "密告"句:把准备逃出元人魔掌的想法秘密地告诉人。

④ "以无"句:因为没有渡江船只而停止。辍,中止。

⑤ 毋虑:不用计算。

⑥ 归心：回归（南宋）的心。晋代王正长《杂诗》："朔风动秋草，边马有归心。"

⑦ 话三分：指逃出元人魔掌的打算。

⑧ "当时"二句：当时如果密谋败泄，那么就会如春梦一场，最终像郭璞那样被杀。郭璞，晋代的经学家、小学家。著有《尔雅》。因时乱躲避到江南一带，曾经担任王敦的记室参军。王敦起兵作乱，郭璞力加劝阻。王敦怒，拘押敦璞，于南冈斩杀。

## 踏路难

京口无城，通衢多隘①，去江向十里②。偶得一老校马③，引间道出三数巷④，即荒凉野，走至江岸，路颇近。若使不知间道，只行市井正路，无可出之理。

烟火连甍铁瓮关⑤，要寻间道走江干⑥。

何人肯为将军地⑦，北府老兵思汉官⑧。

① 通衢多隘：大路上有许多关卡。衢（qú），四通八达的道路。隘，关口。

② 向：近。

③ 校马：掌管马匹的官。又称校正。

④ 间道：偏僻的小路。

⑤ "烟火"句：镇江铁瓮城中，老百姓家家屋顶炊烟缭绕。甍（méng），屋脊。铁瓮关，江苏镇江子城铁瓮城的城关。相传吴国孙权建造铁瓮城。镇江城深窄，其状若瓮，因此命名铁瓮城。

⑥ 江干:江边。干,江河岸边。《诗经·魏风·伐檀》:"坎坎伐
　　檀兮,置之河之干兮。"
⑦ "何人"句:谁人愿为将军留有余地呢?
⑧ 汉官:汉人官吏。此指宋朝的官员。

## 得船难

　　北船满江,百姓无一舟可问。杜架阁与人为谋,皆以
无船,长叹而止。是后,余元庆遇其故旧为北管船①,遂密
叩之,许以承宣使、银千两。其人云:"吾为宋救得一丞相
回,建大功业,何以钱为! 但求批帖②,为他日趋承③之
证。"后授以一批帖,约除廉车④,及强委之白金。义人哉!
使吾无此一遭遇,已矣!

经营十日苦无舟,惨惨椎心泪血流⑤。
渔父疑为神物遣⑥,相逢扬子大江头。

① 余元庆:文天祥的部下,与文天祥同患难者。故旧:老朋友。
② 批帖:官府出的证明文书。
③ 趋承:侍奉、侍候。
④ 除廉车:授予廉车这个官职。廉车,即承宣使。按宋朝规定,
　　承宣使是留后观察的官员,旧名称节度观察留后,如后来的
　　廉访司。
⑤ 椎心:悲痛时击拍自己的胸部。形容极度的悲痛。汉代李陵
　　《答苏武书》:"此陵所以仰天椎心而泣血也。"
⑥ "渔父"句:谓渔父(指余元庆的朋友)好像是天神派遣来帮助
　　的。渔父,捕鱼老人。据《史记·伍子胥列传》记载,春秋时

代楚平王想杀死伍子胥，伍逃往吴国，追兵在后，到了江边，有个渔翁坐在船上，他把伍子胥渡过江。伍子胥解下价值昂贵的佩剑赠给渔父，渔父不接受。这里的渔父喻余元庆的故旧，那个为元方管理船只的人。

## 绐北难①

自至镇江，即谋船，不可得，至二月二十九日，方得之，喜甚。是午，催过瓜洲。贾余庆诸人皆渡矣，惟予与吴丞相在河次②，得报最迟，于是托故以来日同吴丞相渡江。幸而北不见疑，驱迫稍缓，是夕遂逃③。若非得此一绐，从前经营，皆枉用心，惟有死耳，岂不痛哉？

百计经营夜负舟④，仓皇谁趣渡瓜洲⑤。
若非绐虏成宵遁，哭死界河天地愁⑥。

① 绐(dài)：欺骗。
② 河次：长江岸边。
③ 是夕遂逃：指二月二十九日夜文天祥等人逃走。元代刘岳申《文丞相传》："二月二十九日，是午，促过瓜洲。贾余庆等已渡，天祥辞以明日同吴丞相渡，以是夕逃，幸得至真州城下。"
④ 负舟：背起船，指把船偷走。《庄子·胠箧》："藏舟于壑，夜半有力者负之而趋，而昧者不知也。"
⑤ 趣：同"趋"，驱赶。
⑥ "哭死"句：在长江上痛哭，天地也生愁。界河，划为疆界的河。这里指长江。

## 定变难

老兵即踏路之人①,杜架阁日与之饮,颜情甚狎②。是夜逃者十二人,二人坐舟,犹有十人作一阵走。恐出门大冗③,则事易知觉。路必过老兵之门,于是遣三人先就老兵家④,伺过门同遁⑤。忽老兵中变,醉不省,其妻诘问之,欲唤四邻发觉,一人亟走报杜架阁⑥,亟呼老兵出来,直至吾前,藏之帐中。三人者同时而回。老兵酒醒,以银三百星系其腰⑦,云:"事至与之。"遂至二更,引路而行。是举垂成⑧,几为老兵、老姬所误,全得杜阁机警,故徂⑨。诈之,将作敌者又随作使耳⑩,危哉危哉!

老兵中变意差池⑪,仓卒呼来朽索危⑫。
若使阿婆真一吼,目生随后悔何追⑬。


① 踏路:探路。
② 颜情:面貌表情。狎:亲近。
③ 大冗:谓人太多。
④ 就:赴,到。
⑤ 遁:逃跑。
⑥ 亟:急迫。
⑦ 三百星:三百两。星,戥秤杆上的斤两标志。
⑧ 垂成:接近成功。
⑨ 徂(cú):行,走。
⑩ "将作"句:把那个将要作敌人的人劝说他成为引路的使者。
⑪ 差池:差错,意外。

⑫ 朽索危：典出《尚书·五子之歌》："予临兆民，懔乎若朽索之驭六马。"比喻处境非常危险。

⑬ 目生：陌生。此指陌生人。

## 出门难

北始款诸宰执于镇江府①，惟吴丞相以病不离舟。予为遁计，宿府治。一夕，即托故还里河舟中，北亦不之疑②。予遂于河近得沈颐家坐卧。初，北分遣诸酋监诸宰执③，从予者曰王千户，狼突可恶④，相随上下，不离顷刻。予在沈颐家，彼亦同卧席前后。是夜，予醉居亭主人⑤，复醉王千户者，伺其寝熟，启门而出。使微有知觉，吾事殆哉⑥。

**罗刹盈庭夜色寒⑦，人家灯火半阑珊⑧。
梦回跳出铁门限⑨，世上一重人鬼关⑩。**

① 款：招待。

② 不之疑：不怀疑我。之，代词，指自己。

③ 监诸宰执：监视宋朝官员。宰执，指宰相等执掌国家政事的重臣。

④ 狼突：像狼一样奔突。

⑤ 居亭主人：同"居停主人"，指寄居处的主人。

⑥ 殆：危险。

⑦ 罗刹盈庭：满院子里都是恶鬼。罗刹，佛经中恶鬼的通称。

⑧ 阑珊：残，将尽。

⑨ 铁门限：据唐代李绰《尚书故实》记载，唐代智永禅师为晋代

王羲之后人,住吴兴永福寺中,积年学书,一时推重,人来求书者如市,所居户限为之穿穴,乃用铁叶裹之,人谓为铁门限。这里指元人的控制。

⑩ "世上"句:好比是世上的一重人鬼门。喻不易逃出元人魔掌。

## 出巷难

北遣兵龊巷禁夜①,不得往来。先是,有一酋忽入沈颐家②,予问:"何人?""刘百户。"问:"何职?""管夜禁。"问:"官勾当何如?"③曰:"官灯提照,往来从便。"杜架阁闻之,即随刘百户出,强与之好,已而约为兄弟④,拉之饮于妓舍,杜强刘宿,刘俾杜欢⑤。杜云:"我随丞相在此,夜安置后方可出,怕禁夜耳。""俺送尔灯⑥,俺送小番随着⑦,不妨事。"杜遂约后夕,果如约。予变服色⑧,随杜出,诸巷皆不呵问⑨。杜至人家渐尽处,即以银与小番,约之便归,来日候于某所。小番方十五六岁,无知,于是得遁。

不时徇铺路纵横⑩,小队戎衣自出城⑪。

天假汉儿灯一炬⑫,旁人只道是官行。

① 龊巷:街巷戒严。龊(chuò),整顿,戒备。禁夜:禁止夜行。

② 酋:这里指元兵。

③ 勾当:事情。

④ 已而:不一会儿。

⑤ 俾:使,让。

⑥ 唵:通"俺"。

⑦ 小番:元兵下级士卒。

⑧ 变服色:改变打扮衣着。

⑨ 呵问:高声盘查讯问。

⑩ "不时"句:纵横交错的道路口,不时有巡逻的哨卡出现。据《东京梦华录》第八卷记载:"坊巷三百步许,即有军巡铺屋一所,于夜间巡逻。"徇,通"巡"。

⑪ "小队"句:一小队巡逻兵穿着军装出了城。戎衣,军装。

⑫ 假:借助。汉儿:汉人。这里指文天祥等人。


## 出隘难①

北于市井尽处设险②,以十余马拦路,予等至隘所,马惊,意甚恐。幸北军皆睡,因得脱。


袖携匕首学衔枚③,横渡城关马欲猜④。

夜静天昏人影散,北军鼾睡正如雷⑤。


① 隘:哨卡。

② 市井:此处谓城镇街巷。设险:设防于险要之地。《易经·坎》:"王公设险,以守其国。"

③ 衔枚:枚状如筷,两端有带,可系于颈上,古代行军时,常令士兵横衔口中,意在防止喧哗,保持肃静。

④ "横渡"句:穿越城门关卡的时候,马受惊,差点引起猜疑。

⑤ "北军"句:元兵正呼呼大睡,鼾声如同打雷一样响。苏轼《临江仙·夜归临皋》:"夜饮东坡醒复醉,归来仿佛三更。家童鼻息已雷鸣。敲门都不应,倚杖听江声。"鼾(hān),打呼。

## 候船难

予先遣二校坐舟中①，密约待予甘露寺下②。及至，船不知所在，意窘甚，交谓船已失约③，奈何？予携匕首不忍自残，甚不得已，有投水耳。余元庆褰裳涉水④，寻一二里许，方得船至，各稽首⑤，以更生为贺。

待船三五立江干⑥，眼欲穿时夜渐阑⑦。
若使长年期不至⑧，江流便作汨罗看⑨。

① 二校：两位军官。此指文天祥两部下李成与吕武。
② 甘露寺：在镇江市。相传为三国吴甘露元年（256）造，宋代祥符年间移建于江苏镇江北固山上，今存。
③ 交谓：交口说。
④ 褰裳：提起衣裳。《诗经·郑风·褰裳》："子惠思我，褰裳涉溱。"
⑤ 稽首：叩首至地。
⑥ 江干：江滨。
⑦ 眼欲穿：喻盼望心切。夜渐阑：夜将尽。指天色将亮时。阑，尽。
⑧ 长年：船工。杜甫《夔州歌十绝》："长年三老长歌里，白昼摊钱高浪中。"《九家集注杜诗》："峡人以船头把篙相道者曰长年。"
⑨ "江流"句：把长江当作汨罗江看待。意思是说，将像屈原那样投汨罗江自沉。《史记·屈原列传》："屈原至于江滨，被发行吟泽畔。……于是怀石，遂自沉汨罗以死。"

## 上江难

予既登舟,意泝流直上①,他无事矣,乃不知江岸皆北船②,连亘数十里③,鸣梆唱更④,气焰甚盛。吾船不得已,皆从北船边经过,幸而无问者。至七里江,忽有巡者喝云:"是何船?"梢答以河鲀船⑤。巡者大呼云:"歹船!"歹者,北以是名反侧奸细之称⑥。巡者欲经船前,适潮退阁浅⑦,不能至。是时舟中皆流汗,其不来,侥幸耳。

**蒙冲两岸夹长川⑧,鼠伏孤篷棹向前⑨。**

**七里江边惊一喝,天教潮退阁巡船。**

① 泝流:逆流而上。

② 乃:竟然。

③ 连亘:连绵不断。

④ 鸣梆唱更:敲梆唱更以报夜间时辰。

⑤ 梢:船上梢公。河鲀船:捕河豚鱼的渔船。河鲀,即河豚。

⑥ 反侧:反复无常。

⑦ 适:恰逢。阁浅:搁浅。

⑧ 蒙冲:古代一种战船。《三国志·吴书·周瑜传》:"乃取蒙冲斗舰十艘。"

⑨ "鼠伏"句:像老鼠一样伏在船篷里,船夫划桨向前。棹,划桨。

## 得风难

予方为七里巡船所惊,忽有声如人哨①,齿甚清丽②。

船梢立船头拜且祷曰:"神道来送!"问何神? 曰:"江河田相公也。"③即得顺风送上。

> 空中哨响到孤篷,尽道江河田相公。
> 神物自来扶正直④,中流半夜一帆风。

① 人哨:人吹口哨。
② 清丽:清新华美。
③ 田相公:江河之神。
④ 正直:正直的人。指文天祥等。

## 望城难

初得顺风,意五更可达真州城下①,风良久遂静②。天明,尚隔真州二十余里,深恐北船自后追蹑③,又惧有哨骑在淮岸④,一时忧迫不可言。在舟之人,尽力摇桨撑篙,可牵处沿岸拽缆⑤,然心急而力不逮⑥,既望见城,又不克进⑦。甚矣! 脱虎口之难⑧。

> 自来百里半九十⑨,望见城头路愈长⑩。
> 薄命只愁追者至⑪,人人摇桨渡沧浪⑫。

① 五更:指天亮以前一段短时间。真州:今江苏仪征,在长江
   北岸。
② 良久:很久。
③ 追蹑:追踪而至。

④ 淮：淮河。

⑤ 拽(zhuài)缆：拉纤。

⑥ 不逮：不及。

⑦ 克：能够。

⑧ "甚矣"二句：倒装句，是说脱离虎口难极了。

⑨ "自来"句：一百里的路程，走到九十里，才算走了一半。因为越到后面越难。

⑩ "望见"句：看得见真州城头时，反觉得还有更长的路程。表现文天祥一行盼望到达长江北岸的急切心情。

⑪ 薄命：短命的人。文天祥自喻。

⑫ 沧浪：青苍色的水。

## 上岸难

真州濠与江通①，然潮长，舟方可到城。是日泊五里②，遂上岸。城外荒凉，寂无人影，四平如掌③，一无关防，幸而及城门，无他虑。当行路时，盼盼回首④，惟恐有追骑之猝至⑤。既入城门，闻昨日早晨哨马正到五里头，时三月朔云⑥。

岸行五里入真州，城外荒荒鬼也愁⑦。
忽听路人嗟叹说，昨朝哨马到江头⑧。

① 濠：护城河。

② 五里：地名。即下文的五里头。因潮退船进不了真州城，只能泊在五里头。

③ 四平如掌：四面平坦如手掌。

④ 盻盻(xì)：焦急貌。

⑤ 猝至：仓猝来到。

⑥ 朔：每月初一日。

⑦ 荒荒：黯淡迷茫貌。杜甫《漫成》："野日荒荒白，春流泯泯清。"

⑧ 哨马：探马，负责哨探的骑兵。

## 入城难

既至真州城下，问者群望，告以文丞相在镇江走脱，径来投奔。城子诸将校皆出，即延入城①。苗守迎见②，语国事移时③，感愤流涕，即款之州治中④，住清边堂⑤。然后从者之始至也⑥，引至直司，搜身上军器，既知无他，然后见信⑦。其关防之严密如此。向使恐疑横于胸中⑧，闭门不受，天地茫茫何所归？嘻，危哉！

轻身漂泊入銮江⑨，太守欣然为避堂⑩。
若使闭城呼不应，人间生死路茫茫。

① 延：请。

② 苗守：宋朝真州太守苗再成。当时江北岸尚未沦陷于敌手。

③ 移时：片刻。

④ 款：招待。

⑤ 清边堂：苗再成在城中所筑的厅堂。

⑥ 始：才。

⑦ 见信：被信任。见，助词，表示被动。

⑧ 向使：假如。

⑨ 銮江：真州的别名。真州在五代南唐时是一市镇，称迎銮镇，又称銮江。

⑩ 避堂：让出正厅，表示恭敬。

# 真州杂赋

予既脱虎口至真州，喜幸感叹①，靡所不有②，各系之以七言。自正月二十羁縻北营③，至二月二十九一夜京口得脱，首尾恰四十日。一入真州，忽见中国衣冠，如流浪人乍归故乡④，不意重睹天日至此。

四十羲娥落虎狼⑤，今日骑马入真阳⑥。

山川莫道非吾土，一见衣冠是故乡⑦。

① 喜幸感叹：喜悦、庆幸、感慨、叹息。

② 靡：无。

③ 羁縻：束缚，拘禁。

④ 乍归：突然归来。

⑤ 羲娥：羲和与嫦娥的合称。古代神话谓羲和为驾驭太阳的神，嫦娥为驾驭月亮的神。此处羲娥代指日夜，四十羲娥即四十天的意思。

⑥ 真阳：即真州（今江苏仪征）。

⑦ 衣冠：代称缙绅、士大夫。

予入真州，聚观者夹道如堵①。东坡云：被天津桥上人看杀②。久无此境界矣。

聚观夹道卷红楼③,夺得南朝一状头④。

将谓燕人骑屋看⑤,而今马首向真州。

① 堵:墙。
② "东坡"二句:据宋代邵博《闻见后录》第二十卷记载:苏东坡自岭南归毗陵(江苏常州),困于天热,头戴小冠,衣披半臂,坐在船中,两岸看东坡的有成千上万人。东坡回头对坐在身边的人说:"莫非要看死我?"
③ 卷红楼:红楼里的女子是不露面的,这时也卷起窗帘来看。
④ 状头:状元。
⑤ 骑屋:骑在屋顶上。


京口船与梢人,北人皆有籍①,予所得船,乃并缘北船贩私盐者,船与二水手皆籍所不及,予是以得济,岂非天哉?

卖却私盐一舸回②,天教壮士果安排。

子胥流向江南去③,我独仓皇夜走淮④。

① 籍:户籍。
② 舸(gě):大船。
③ "子胥"句:据《史记·伍子胥列传》记载,楚国人伍子胥(员)的父亲奢、长兄尚被楚平王杀死,子胥奔吴避难。"流向江南去"即此意。
④ 仓皇:恐惧惊惶貌。淮:真州属于淮东,故称淮。

予以夜遁①,北人来早方觉②,而吾已在汶上矣③。

便把长江作界河④,负舟半夜泝烟波⑤。
明朝方觉田文去⑥,追骑如云可奈何⑦。

① 遁:逃走。

② 方觉:方才发觉。

③ 在汶上:在汶水之北。汶水在山东。《论语·雍也》:"如有复我者,则吾必在汶上矣。"此处意为已逃脱。

④ 界河:划为疆界的河。

⑤ 负舟:谓江水承载船只。泝:同"溯",逆流而上。

⑥ 田文:见卷二《回京口》注③。

⑦ 追骑如云:形容追来的骑兵较多。

予逃之明日①,北人大索民间,累南人甚多,然予逝矣②,不可得矣。

十二男儿夜出关③,晓来到处捉南冠④。
博浪力士犹难觅,要觅张良更是难⑤。

① 明日:次日。

② 逝:逃跑。

③ 十二男儿:文天祥与杜浒、金应、张庆、夏仲、吕武、王青、邹捷、余元庆、李茂、吴亮、萧发等(最后四人不久即叛去)。

④ 南冠:《左传·成公九年》:"晋侯观于军府,见钟仪,问之曰:南冠而絷者谁也? 有司对曰:郑人所献楚囚也。"此处借指文天祥一行人。

⑤ "博浪"二句:据《史记·留侯世家》记载,秦始皇到河南巡视,
张良曾指使他的门客,用铁椎狙击秦皇,结果未中。秦皇命
令搜捕张良及其门客。事情发生在河南阳武县东南的博浪
沙。这两句诗说,在博浪沙狙击秦皇的张良的门客尚且难以
捕得,逮捕指挥者张良更是不可能。意谓自己和手下人已逃
脱元人追捕,难以抓到了。

　　三月朔旦①,予在真州城内,贾余庆在瓜洲,皆淮境
也,而南北分焉②,哀哉!

　　**我作朱金沙上游③,诸君冠盖渡瓜洲④。**

　　**淮云一片不相隔,南北死生分路头⑤。**

① 朔旦:每月初一。
② 南北分:文天祥在南(宋),贾余庆在北(元),从此分开决裂。
③ 朱金:赤金,纯金。文天祥自喻。
④ "诸君"句:指吴坚、贾余庆等人听从元人安排,渡瓜洲,前往
　 大都请降。冠盖,官吏的服饰和车驾。冠,礼帽;盖,车盖。
　 杜甫《梦李白》:"冠盖满京华,斯人独憔悴。"
⑤ "淮云"二句:指文天祥与贾余庆同在淮海地区,但一向南
　 (宋),一往北(元),死生不同路了。

　　诸宰执自京城陷后①,无复远略②,北人之驱去,皆俯
首从之,莫有谋自拔者③。予犯死逃归,万一有及国事,志
亦烈矣。

　　**公卿北去共低眉④,世事兴亡付不知。**

不是谋归全赵璧⑤，东南那个是男儿？

① 京城：指南宋都城临安。
② 远略：指恢复宋朝江山的远大谋略。
③ 自拔：自行脱身逃跑。
④ 低眉：低下头来，眼睛朝下，顺从的样子。指左丞相吴坚、右
　　丞相贾余庆、枢密使谢堂、参政家翁、同知刘岊等人顺从元朝
　　旨意以祈请使身份前往元人首都大都去请降。
⑤ 赵璧：据《史记·廉颇蔺相如列传》记载，赵国上卿蔺相如奉
　　和氏璧入秦。秦王原许以十五城换赵国和氏璧，这时却不守
　　信用。蔺相如说，赵王送和氏璧入秦，斋戒五日，今大王亦宜
　　斋戒五日，臣乃敢上璧。秦王安排相如住在广城传舍。相如
　　派使者怀璧，从小路逃归赵国。赵国和氏璧安然无恙，终于
　　保全。这里代指赵宋王朝。

# 天下赵

　　予至真，苗守再成为予言，近有樵人破一树①，树中有
生成三字，曰"天下赵"。亟取木视之②，果然。木一丈二
尺围，其字青而深，半树解扬州③，半树留真州，三字了
然④，不可磨也。以此知我朝中兴⑤，天必将全复故疆⑥。
真州号迎銮⑦，艺祖发迹于此⑧，非在天之灵所为乎⑨？

皇王著姓复炎图⑩，此是中兴受命符⑪。
独向迎銮呈瑞字⑫，为言艺祖有灵无⑬？

① 樵人：打柴的人。

② 亟：急切。

③ 解：送往。

④ 了然：清楚明白。

⑤ 中兴：见《后序》注㉝。

⑥ 故疆：旧有国土疆界。

⑦ 迎銮：迎接皇帝。皇帝的车驾称銮驾，省作"銮"。这里指迎銮镇（今江苏仪征）。五代吴国杨溥据有淮南地，溥至白沙镇阅舟师，徐温自金陵来见，因改其地名为迎銮镇。

⑧ 艺祖：有文德才艺之祖，古帝王对祖先的美称。后代帝王因以艺祖为太祖的通称。宋朝人称开国君主太祖赵匡胤为艺祖。发迹：旧时称立功、扬名。多指由卑微而逐渐富贵。《太史公自序》："秦失其政，而陈涉发迹。"

⑨ "非在"句：恐是地下的太祖所写的三个字吧。这是迷信说法。

⑩ 炎图：宋朝的江山地图。赵宋以火德，故称炎宋，以区别于水德的南朝刘宋。

⑪ 此：指"天下赵"三字。

⑫ 瑞字：吉祥的字。指"天下赵"三字。

⑬ "为言"句：对我说，是否艺祖赵匡胤在显灵？

# 题苏武忠节图有序①

　　余在京口城外，日夜求脱，不得间。谢村去。平江欲逃，又不果②。至镇江，事益急，议趣真州③。余、杜密谋，杜云："事济万幸④，不幸谋泄，当死，死有怨乎？"余指心自誓云："死靡悔⑤！"且办匕首，事惧不济，挟以自杀。杜云："亦请以死自效。"于是计遂定。既至真州城下，问者群至。告以余在镇江走脱，城子诸校皆出。既延入城⑥，苗守遂见，语国事移时⑦，感慨流涕。即往住清边堂⑧，时从亡者始至也⑨。引至直司，搜身上所藏军器，既无他，然后见信⑩。防闲严密如此。向使一疑字横于胸中⑪，闭门不纳，天地茫茫，何所归宿，嘻，其危哉！苗守袖出李龙眠画《汉苏武忠节图》⑫，求余咏题，抚卷凄凉，浩气愤发，使人慷慨激烈，有去国思君之念矣⑬。遂赋三诗，书于卷后。时丙子三月二日也。文天祥执笔于清边堂之寓舍。

忽报忠图纪岁华⑭，东风吹泪落天涯⑮。
苏卿更有归时国⑯，老相兼无去后家⑰。
烈士丧元心不易⑱，达人知命事何嗟⑲，
生平爱览忠臣传，不为吾身亦陷车⑳。

独伴羝羊海上游㉑，相逢血泪向天流。
忠贞已向生前定，老节须从死后休㉒。
不死未论生可喜，虽生何恨死堪忧㉓。
甘心卖国人何处，曾识苏公义胆不㉔。

漠漠愁云海戍迷㉕，十年何事望京师㉖。
李陵罪在偷生日㉗，苏武功成未死时㉘。

铁石心存无镜变<sup>㉙</sup>，君臣义重与天期<sup>㉚</sup>。

纵饶夜久胡尘黑，百炼丹心涅不缁<sup>㉛</sup>。

① 此篇《文山先生全集》作为补遗置于《指南录》末尾。今依诗前小序所云在真州时"苗守袖出李龙眠画《汉苏武忠节图》"，当编入卷三。

② 以上六句有讹、衍、脱，致不可理解。《脱京口·定计难》小序："予在京城外，日夜谋脱，不得间者。谢村几去。至平江，欲逃，又不果。"则正确，可参阅。谢村，地名，在杭州北郊。平江，地名，今江苏苏州。

③ 趣：通"趋"，赶往。

④ 事济万幸：事情如果成功，那是幸运。

⑤ 死靡悔：死了也不后悔。靡，不，无。

⑥ 延：邀请，迎接。

⑦ 移时：一会儿。

⑧ 清边堂：见《入城难》注⑤。

⑨ 从亡者：跟着文天祥一道逃亡的人。如金应、张庆、夏仲、吕武等人这时才赶到文天祥身边。

⑩ 见信：被信任。

⑪ 向使：假如。

⑫ 李龙眠：即李公麟，字伯时，号龙眠居士，北宋画家，山水、人物、鞍马皆精，擅长白描。《汉苏武忠节图》现已不传。

⑬ 去国思君：离开朝廷却依恋君主。

⑭ 忠图：指李公麟《汉苏武忠节图》。

⑮ 落天涯：既指苏武被拘于匈奴中，也暗指文天祥逃亡于苏北。

⑯ 苏卿：即苏武。西汉杜陵人，字子卿。出使匈奴，被扣留。匈奴单于胁迫其投降，武不屈，被徙牧羊，苏武持汉节牧羊十九

年,节旄尽落,始得归。

⑰ 老相:文天祥自称。相,宰相。

⑱ "烈士"句:坚贞不屈的刚强之士即使被杀头牺牲了,不会改变爱国之心。丧元,人被斩首。元,头。《孟子·滕文公下》:"志士不忘在沟壑,勇士不忘丧其元。"

⑲ 何嗟:何需嗟叹。

⑳ 陷车:押送犯人的囚车,指文天祥被拘。

㉑ 羝羊:公羊。海上:指北海(今俄罗斯贝加尔湖),苏武流放地。

㉒ "忠贞"二句:生前死后,文天祥不会改变自己的忠贞与气节。

㉓ "不死"二句:活着未必可喜,死了亦不足忧。

㉔ "甘心"二句:卖国者吴坚、贾余庆等人如今在什么地方呢,还认识苏武的忠义之心吗? 不,通"否"。

㉕ 漠漠:密布的样子。

㉖ 十年:苏武在匈奴地区北海牧羊十九年,但他心怀汉朝。京师:汉代都城长安。

㉗ 李陵:汉陇西成纪人。字少卿。名将李广之孙。武帝时任骁骑都尉。天汉二年,率步兵五千人击匈奴,战败投降。李陵没有死节,偷生有罪。

㉘ 功成未死时:苏武的功劳在于没有自杀而能坚守气节,与匈奴斗争十九年。

㉙ "铁石"句:爱国心坚强如铁石,不随外因而变化。铁石心,喻坚定不移的心。镜变,镜中的影子随外物变化而变化。比喻人的思想随环境而变化。

㉚ 与天期:与天地共存,喻永垂史册。

㉛ "百炼"句:苏武对汉朝的忠心永远不变。涅不缁,以黑色染物,被染者颜色依然洁白,不变为黑色。涅,黑色染料。缁,黑色。《论语·阳货》:"不曰白乎,涅而不缁。"

# 议纠合两淮复兴<sup>①</sup>

　　予至真州,守将苗再成不知朝信于是数月矣<sup>②</sup>。问予京师事,慷慨激烈,不觉流涕。已而诸将校、诸幕皆来<sup>③</sup>,俱愤北不自堪<sup>④</sup>。两淮兵力足以复兴,惜天使李公怯不敢进<sup>⑤</sup>。而夏老与淮东薄有嫌隙<sup>⑥</sup>,不得合从<sup>⑦</sup>。得丞相来通两淮脉络,不出一月,连兵大举,先去北巢之在淮者<sup>⑧</sup>,江南可传檄定也<sup>⑨</sup>。予问苗守:"计安出?"苗云:"先约夏老,以兵出江边,如向建康之状<sup>⑩</sup>,以牵制之,此则以通泰军义打湾头<sup>⑪</sup>,以高邮、淮安、宝应军义打扬子桥<sup>⑫</sup>,以扬州大军向瓜洲,某与赵刺史孟锦以舟师直捣镇江<sup>⑬</sup>,并同日举,北不能相救。湾头、扬子桥皆沿江脆兵守之<sup>⑭</sup>,且怨北,王师至即下<sup>⑮</sup>。聚而攻瓜洲之三面,再成则自江中一面薄之<sup>⑯</sup>,虽有智者,不能为之谋。"此策既就,然后淮东军至京口,淮西军入金城<sup>⑰</sup>,北在两浙,无路得出,虏帅可生致也<sup>⑱</sup>。予喜不自制,不图中兴机会在此<sup>⑲</sup>。即作李公书,次作夏老书,苗各以覆帖副之<sup>⑳</sup>。及欲予致书戎帅及诸郡,并白此意。予已作朱涣、姜才、蒙亨等书,诸郡将以次发。时与议者皆勇跃。有谓李不能自拔者;又有谓朱涣、姜才各做起来,李不自由者;又有谓李恨不得脱重负,何幸有重臣辅之。予既遣书,盼盼焉望报<sup>㉑</sup>。天之欲平治天下,则吾言庶几不枘凿乎<sup>㉒</sup>?

清边堂上老将军㉓，南望天家雨湿巾㉔。
为道两淮兵定出，相公同作歃盟人㉕。

扬州兵了约庐州㉖，某向瓜洲某鹭洲㉗。
直下南徐侯自管㉘，皇亲刺史统千舟㉙。

南八空归唐垒陷㉚，包胥一出楚疆还㉛。
而今庙社存亡决，只看元戎进退间㉜。

① 此诗主张聚集淮东、淮西的抗元力量打击敌人。当时淮东、淮西尚未沦陷，此举等于在敌人腹背插一刀，从敌人的后方击敌有生力量，从而达到收复江、浙等失地。
② 朝信：朝廷中的消息。
③ 诸将校诸幕：各个将校官和各个幕僚官员。
④ 不自堪：不能忍受。
⑤ 李公：淮东制置使李庭芝，固守一隅，不敢对元人发起进攻。
⑥ 夏老：淮西制置使夏贵。薄有嫌隙：指李、夏二人之间小有隔阂。
⑦ 合从：即"合纵"。战国时，苏秦游说六国诸侯联合抗秦。秦在西方，六国地处南北，故称合从。这里指淮东与淮西联合抗元。
⑧ 北巢：指打击元兵在淮南东西路的势力范围。
⑨ "江南"句：传布一张檄文，便可以把江南土地收复。比喻打赢仗很容易。檄，战书。
⑩ 建康：地名。今南京。

⑪ 此:指淮东地区,尚未陷落。通泰:通州、泰州。通州、泰州等地都在淮南东路辖区内。义打:假打,佯攻。义,假的。

⑫ 扬子桥:即扬子津,在今江苏苏北的江都县南部。

⑬ 某:苗再成自称。赵孟锦:宋宗室,时任宋朝刺史。余者不详。舟师:指水军。

⑭ 脆兵:脆弱的兵。

⑮ 王师:指帝王的军队。这里指宋朝的军队。

⑯ 薄:逼近。

⑰ 金城:按,元刘岳申《文丞相传》作"金陵",应是。

⑱ "虏帅"句:元人将帅伯颜等人可望活捉了。

⑲ 不图:不料。

⑳ 覆帖:官方文书。

㉑ 盼盼:焦急貌。

㉒ 枘凿:枘(ruì),榫头。凿,卯眼。此指枘圆凿方或枘方凿圆,两不相合,喻互相矛盾之意。

㉓ 清边堂:苗再成所住之处。

㉔ 天家:帝王之家。汉代蔡邕《独断》:"天子无外,以天下为家,故称天家。"雨湿巾:泪如雨湿衣巾。

㉕ "相公"句:指天祥与苗再成饮血结盟,矢志抗元。歃(shà)盟,即歃血为盟。古时会盟,双方口含牲畜之血或以血涂口旁,表示信誓,称为歃血。

㉖ 庐州:府名。治所在今安徽合肥。

㉗ 鹭洲:南京有白鹭洲,这里指代南京。

㉘ 南徐:地名。今江苏镇江市。南朝宋时称镇江为南徐。侯:指代苗再成。

㉙ 皇亲刺史:指赵孟锦,系皇家亲属。

㉚ "南八"句:据韩愈《张中丞传后叙》记载,南八即南霁云,唐代将领。安史乱中,河南睢阳守将张巡处危急中,南霁云求助

于贺兰,贺兰无意出兵相救。南霁云因拔所佩刀,断一指,血淋漓,以示贺兰。贺兰终不救唐城睢阳,霁云即驰去。睢阳陷落。

㉛ "包胥"句:据《左传·定公四年》记载,申包胥,春秋时楚国大夫。姓公孙,封于申,故号申包胥。与伍员(子胥)友好。员以父兄被害,逃奔吴国,谓申包胥曰:"我必覆楚国。"申包胥曰:"子能覆之,我必能兴之。"后员以吴军攻楚,入郢,包胥至秦求救,哭于秦廷七日夜,秦终出兵救楚,败吴军。

㉜ "而今"二句:如今决定国家或存或亡的关键,只看苗再成、夏贵、李庭芝等元帅的行动进退了。元戎,元帅。


# 出真州①

予既为李制所逐②,出真州,艰难万状,不可殚纪③。痛哉!

予至真州第三日,苗守约云:"早食后看城子。"予欣然诺之。有顷,陆都统来,导予至小西门城上闲看。未几,王都统至,迤逦出城外④。王忽云:"有人在扬州,供得丞相不好。"出制司小引视之⑤,乃脱逻回人供北中所见云⑥:"有一丞相,差往真州赚城⑦。"王执右语,不使予见。予方叹惋间,二都统忽鞭马入城,小西门闭矣。不复得入,彷徨城外,不知死所。

早约戎装去看城⑧,联镳壕上叹风尘⑨。
谁知关出西门外,憔悴世间无告人⑩。

① 德祐二年三月初三日,李庭芝误认文天祥是降元后的暗探,往真州骗取城池,密令苗再成杀死文天祥。再成不忍心,把天祥一行骗出城外。这就是出真州的详情。

② 李制:淮东制置使李庭芝。

③ 殚纪:全部纪录。殚,尽、全部。

④ 迤逦:同"迤逦",缓行貌。

⑤ 小引:淮东制置使李庭芝下达的公文。

⑥ 脱回人:即从元人辖区逃回的人。

⑦ 赚城:诳骗而得城。赚,骗。宋代杨万里《诗情》:"虚名满世真何用,更把虚名赚后生。"

⑧ 戎装:军装。代指兵将。

⑨ 联镳:马衔相联,指并骑而行。壕上:护城河边。风尘:喻战乱。《汉书·终军传》:"边境时有风尘之警,臣宜被坚执锐,当矢石,启前行。"

⑩ "憔悴"句:谓遭遇苦恼,世上没有可以诉说的人。憔悴,忧戚,烦恼。


　　制使遣一提举官至真州①,疑予为北用。苗守贰於予②,云:"决无宰相得脱之理。纵得脱,亦无十二人得同来之理。何不以矢石击之?"乃开城门,放之使入。意使苗守杀予以自明。哀哉!

　　扬州昨夜有人来③,误把忠良按剑猜④。
　　怪道使君无见解⑤,城门前日不应开。


① 制使:指淮南东路制置使李庭芝。

② 贰:怀疑。苗再成认为作者对宋朝廷有不忠之心。

③ 扬州：李庭芝的淮东制置司即设在这里。

④ 按剑猜：抚着剑，表示怀疑。意即有动手杀人的意图。

⑤ 使君：古代对州郡长官的尊称。《三国志·蜀先主传》："今天下英雄，唯使君与操耳。"此指真州守将苗再成。

　　制使欲杀我，苗守不能庇①，将信将疑②，而怜之之意多也。

### 琼花堂上意茫然③，志士忠臣泪彻泉④。
### 赖有使君知义者，人方欲杀我犹怜⑤。

① 庇：庇护。

② 将信将疑：不敢轻信李庭芝所说文天祥的赚城之类的话，有些相信又有些怀疑。李华《吊古战场文》："其存其没，家莫闻知，人或有言，将信将疑。"

③ 琼花堂：故址在今江苏江都县城外。原有琼花一枝，唐人所栽。这里指代李庭芝所在地。

④ "志士"句：文天祥一行因遭误解而泪涌如通泉水，喻心情的沉痛。

⑤ 我：指苗再成。

　　予幸脱身至真州，即议纠帅两淮以图恢复①，制使乃疑予为北用②，欲见杀③。江南与北中，皆知予为忠义，而两淮不予信④。予平生仕宦，声迹比比⑤，不曾至淮，天地茫茫，与谁语哉！

105

秦庭痛哭血成川，翻讶中行背可鞭⑥。

南北共知忠义苦，平生只少两淮缘⑦。

① "即议"句：详见《议纠合两淮复兴》诗序。

② 制使：淮南东路制置使李庭芝。

③ 欲见杀：打算杀死我。

④ 不予信：不相信我。否定句中，代词宾语"予"，置于动词"信"前。

⑤ "予平生"二句：谓文天祥政声佳，优异事迹较多。比比，到处，处处。

⑥ "秦庭"二句：意谓我像在秦庭痛哭讨救兵以挽救楚国的申包胥一样忠心耿耿，结果反而被怀疑为像背叛汉朝、投靠匈奴的中行说一样应该加以鞭打的人。秦庭痛哭，见《议纠合两淮复兴》"包胥"句注。中行说，西汉文帝时人，原为宦者，被派遣为与匈奴和亲的随员，心中不满，投靠匈奴。贾谊《治安策》："请必系单于之颈而制其命，伏中行说而笞其背。"

⑦ "平生"句：谓作者一生与李庭芝、夏贵等人缺少交情，缺少来往，因而被误认为奸细来赚城。两淮，淮南东路和淮南西路。

予少时曾游真州，至是十八年矣①。初望纠合复兴，为国家办大事，乃不为制臣所容②。天乎，哀哉！

一别迎銮十八秋③，重来意气落旄头④。

平山老子不收拾⑤，南望端门泪雨流⑥。

① "少时"二句：宋理宗开庆元年，公元 1259 年作者与弟璧赴殿

试,乘长江船只,在真州登岸游览。至德祐二年为十八年。

② 乃:竟然。制臣:即制置使李庭芝。

③ 迎銮:镇江别名。

④ 落旄头:指战胜元人。旄头,即昴星。古人以昴星为胡星,象征胡人。

⑤ 平山老子:指扬州李庭芝。平山即平山堂,在江苏扬州市西北蜀冈法净寺内,宋代欧阳修修建。这里借指江苏扬州。这句说扬州李庭芝不肯有所动作,同心抗元。

⑥ 端门:宫殿的正门。这里指临安宫门。

　　始见制臣小引①,备脱回人朱七二等供云:有一丞相往真州赚城②。予颇疑北有智数③,见予逃后,遣人诈入扬州供吐,以行反间④。既而思之,扬州遣提举官来真州见害,乃三月初二日午前发,予以二月晦夕逃⑤,朔旦⑥,北方觉,然不知走何处,是日便遣人诈入扬州,殆无此理。看来只是吾书与苗守覆帖初二日早到,制使不暇深省,一概以为奸细而欲杀之。哀哉,何不审之甚乎⑦!

**天地沉沉夜洂舟⑧,鬼神未觉走何州⑨,**
**明朝遣间应无是,莫恐元戎逐客不⑩。**

① "始见"句:见《出真州》第一首小序。

② 赚城:见《出真州》第一首注。

③ 智数:谋略,心计。《世说新语·假谲》:"范玄平为人好用智数,而有时以多数失会。"

④ 反间:潜入敌方,提供假情报。

⑤ 晦：农历月末那一天。二月为小月，故指二月二十九日。
⑥ 朔：农历月初头一天。
⑦ "何不"句：太不慎重了。审，慎重。
⑧ 夜沂舟：夜里乘船逆流而上（真州）。沂，逆流而行。
⑨ 鬼神：喻元军。作者不知往何处去，去向未定。元人怎么可能立即派人来真州造谣。
⑩ "明朝"二句：第二天元人便派朱七二等入真州造谣说作者赚城，这是不可能有的事，恐怕是元帅想逐客吧。


　　予在门外久之，忽有二人来曰："义兵头目张路分、徐路分也①。"予告以故。二人云："安抚传语②，差某二人来送，看相公去那里？"予云："必不得已，惟有去扬州见李相公。"③路分云："安抚谓淮东不可往。"予谓："夏老素不识④，且淮西无归路；予委命於天⑤，只往扬州。"二路分云："且行，且行。"良久，有五十人弓箭刀剑来随。二路分骑马，以二马从予。予与杜架阁连辔而发⑥。

## 人人争劝走淮西，莫犯翁翁按剑疑⑦。
## 我问平山堂下路，忠臣见诳有天知⑧。


① 路分：路一级的地方武官。
② 安抚：安抚使，即指苗再成。
③ 李相公：指淮东制置使李庭芝。
④ 夏老：指淮西制置使夏贵。作者与他从来不相识。
⑤ 委命：托命。
⑥ 连辔：两马前后连接而行。辔，马缰绳。

⑦ "莫犯"句：不要招来夏老疑心而被杀。翁翁，老人。此指夏老。

⑧ "我问"二句：我只问去扬州的路，作为忠臣而受到冤屈，上天是看得清清楚楚的。平山堂，在扬州市西北郊蜀冈上，为著名景点。此处指代扬州。诎(qū)，同"屈"，冤曲。

予在小西门外①，皇皇无告②。同行杜架阁仰天呼号，几赴壕死③。从者皆无人色，莫知所为。予进不得入城，城外不测有兵；露立荒坰④，又乏饮食。予心自念："岂予死於是乎？"为之踟蹰⑤，心膂如割⑥。后得二路分送行，苗守又遣衣被包复等来还⑦，遂之扬州⑧。是日上巳日也⑨。

**千金犯险脱旃裘⑩，谁料南冠反见仇⑪。**

**记取小西门外事，年年上巳哭江头。**

① 小西门：真州城西门。

② 皇皇：惊惶不安。

③ 壕：护城河。

④ 荒坰：荒凉的郊野。

⑤ 踟蹰：心神犹豫不定。

⑥ 心膂如割：心脏与脊骨如同受刀割。膂，脊骨。

⑦ 包复：包袱。

⑧ 之：往。

⑨ 上巳日：农历三月初三日，古代在河边招魂或祈吉祥的日子。

⑩ "千金"句：文天祥等人花千元买通船只，冒险逃离元人之魔掌。旃裘，毡制的衣服。这里喻指元人。

⑪ 南冠:即楚冠。《左传·成公九年》:"晋侯观于军府,见钟仪,问之曰:南冠而絷者谁也? 有司对曰:郑人所献楚囚也。"这里指代李庭芝。见仇:被仇视。

　　二路分引予行数里,犹望见真州城。五十兵忽龁刀於野①,驻足不行。予自后至。二路分请下马,云:"有事商量。"景色可骇。予下马问云:"商量何事?"云:"行几步。"往稍远,又云:"且坐,且坐!"予意其杀我於此矣。与之立谈。二路分云:"今日之事,非苗安抚意②,乃制使遣人欲杀丞相。安抚不忍加害,故遣某二人来送行。今欲何往?"予云:"只往扬州,更何往?"彼云:"扬州杀丞相③,奈何?"曰:"莫管,信命去!"二路分云:"安抚令送往淮西。"予云:"淮西对建康、太平、池州、江州,皆北所在,无路可归。只欲见李制使,若能信我,尚欲连兵以图恢复;否则,即从通州路遵海还阙④。"二路分云:"李制使已不容,不如只在诸山寨中少避⑤。"予云:"做什么? 合煞生则生⑥,死则死,决於扬州城下耳。"二路分云:"安抚见办船在岸下⑦。丞相从江行,或归南归北⑧,皆可。"予惊曰:"是何言欤? 如此,则安抚亦疑我矣。"二路分见予辞真确⑨,乃云:"安抚亦疑信之间⑩,令某二人便宜从事⑪。某见相公一个恁么人⑫,口口是忠臣,某如何敢杀相公! 既真个去扬州,某等部送去。"乃知苗守亦主张不过,实使二路分觇予语言趋向⑬,而后为之处。使一时应酬不当,被害原野,谁复知之? 痛哉,痛哉! 时举所携银一百五十两与五十兵,且许以至扬州又以十两。二路分则许以分赐金百两。遂行。

　　荒郊下马问何之[14]，死活元来任便宜[15]。

　　不是白兵生眼孔[16]，一团冤血有谁知。


① 龀刀：同"捉刀"，握刀。
② 苗安抚：指安抚使苗再成。
③ 扬州：意指扬州的李庭芝。
④ 遵海还阙：走海路还归南宋朝廷去。阙，皇帝所居之处。
⑤ 少避：暂时躲避。
⑥ 合煞：应该。煞，词尾，无意义。
⑦ 办船：已准备了船只。
⑧ 归北：回到元军统治区去。
⑨ 真确：真诚可靠。
⑩ 疑信之间：将信将疑。
⑪ 便宜从事：看情况来处置。
⑫ 恁么：这样、如此。
⑬ 觇（chān）：探视。
⑭ 何之：到哪儿去。
⑮ 元来：原来。便宜：此处指机会、运气。
⑯ 白兵：刀剑之类的兵器。也指手持兵器的士兵，此处则指二
　　位路分。生眼孔：长了眼睛。意谓识得作者为忠义人。


　　二路分既信予忠义，与予中路言：真州备判司行下①，
有安民榜云②："文相公已从小西门外押出州界去讫。"为
之嗟叹不已。呜呼，予之不幸，乃至于斯③，其不死于兵，
岂非天哉！

111

戎衣啧啧叹忠臣④，为说城头不识人⑤。

押出相公州界去，真州城里榜安民。

① 备判司：宋代管理地方治安的机构。
② 安民榜：使民心安定的告示。
③ 乃至于斯：竟到这种境地。
④ 戎衣：军人衣服。这里指代张路分和徐路分。
⑤ 不识人：指真州城安抚使苗再成等不识作者的忠义。

　　杜架阁几赴壕，以救免。一行人皆谓当死於真州城下矣。后得二路分送行，惟恐有北哨追之。危哉，危哉！

有客仓皇欲赴壕①，一行性命等鸿毛②。

白兵送我扬州去，惟恐北军来捉逃③。

① 客：指杜浒。壕：护城河。
② 等鸿毛：等同于鸿毛那么轻。司马迁《报任少卿书》："人固有一死，或重于泰山，或轻于鸿毛。"
③ 捉逃：捕拿逃犯。

　　二路分所引路，乃淮西路；既见予坚欲往扬州，遂复取扬州路。时天色渐晚，张弓挟矢①，一路甚忧疑，指某处，瓜洲也，又前某处，扬子桥也。相距不远。既暮，所行皆北境。惟恐北遣人伏路上，寂如衔枚②。使所过北有数骑在焉，吾等不可逃矣。

112

瓜洲相望隔山椒③，烟树光中扬子桥④。

夜静衔枚莫轻语，草间惟恐有鸱鸮⑤。

① 张弓挟矢：拉紧弓弦，挟有箭头。兵士戒备待战状态。
② 衔枚：见《出隘难》注③。
③ 山椒：山顶。南朝宋谢希逸《月赋》："菊散芳于山椒，雁流哀于江濑。"注："山椒，山顶也。"
④ 扬子桥：即扬子津，在江苏江都县南。瓜洲与扬子桥当时都已沦陷于元军手中。
⑤ 鸱鸮（chī xiāo）：一种猛禽，俗称猫头鹰。

　　是日行至暮，二路分先辞，只留二十人送扬州。二十人者又行十数里，勒取白金，亦辞去，不可挽。扬州有贩鬻者①，以马载物，夜窃行于途，曰马垛子。二十人者但令随马垛子，即至扬州西门。予一行如盲②，怅怅然行③。呜呼，客路之危难如此。

真州送骏已回城④，暗里依随马垛行。

一阵西州三十里⑤，摘星楼下打初更⑥。

① 贩鬻者：做长途贩运的人。鬻，卖。
② "予一行"句：作者等十二人如同盲人，不识路途。
③ 怅怅然：失望不快的样子。
④ "真州"句：指张路分、徐路分等已回真州去。送骏，指护送的人马。骏，良马。
⑤ 三十里：真州到扬州，路程仅三十二里。

⑥ 摘星楼:在扬州城西北。初更:晚上七点到九点。

# 至扬州①

予至扬州城下,进退维谷②,其徬徨狼狈之状③,以诗志其概④。予夜行衔枚⑤,至扬州西门惫甚⑥。有三十郎庙,仅存墙阶,屋无矣。一行人皆枕藉於地⑦。时已三鼓⑧,风寒露湿,凄苦不可道。

**此庙何神三十郎,问郎行客忒琅珰⑨。**

**荒阶枕藉无人问,风露满堂清夜长。**

① 文天祥一行十二人,三月初三日被驱逐真州城外,走了一夜的路,于初四日早晨抵达扬州城外三十郎庙。

② 进退维谷:或进或退都没有出路。《诗经·大雅·桑柔》:"人亦有言,进退维谷。"传:"谷,穷也。"

③ 徬徨:坐立不安,心神不定。

④ 志其概:记述大概情形。

⑤ 衔枚:见《出隘难》注③。

⑥ 惫甚:疲劳到达极点。

⑦ 枕藉于地:枕地而睡。

⑧ 三鼓:一夜五更。三鼓,三更,近天亮时分。

⑨ 忒:太、甚。琅珰:同"郎当",潦倒、狼狈。

扬州城中打四更,一行人遂入近城西门。坐漫地上①,候启门者无虑百数②。城上问何人,从他人应答,予等莫敢语,恐声音不同,即眼生随后③。

> 谯鼓鼜鼜入四更④,行行三五入西城⑤。
> 隔壕喝问无人应⑥,怕恐人来捉眼生。

① 漫:满。
② 无虑百数:大约一百多人。无虑,不必计算。
③ 眼生:指陌生的人,可疑的人。
④ 谯鼓:城门瞭望楼上的更鼓。
⑤ 行行:不停地走。《古诗十九首》:"行行重行行,与君生
  别离。"
⑥ 无人应:作者一行人中没有一人应答。


予出真州,实无所往,不得已趋扬州,犹冀制臣之或见
谅也①。既至城下,风露凄然,闻鼓角有杀伐声②,彷徨无
以处。

> 怅怅乾坤靡所之③,平山风露夜何其④。
> 翁翁岂有甘心事,何故高楼鼓角悲⑤。

① "不得已"二句:没有办法,只得赶往扬州,还是希望制置使李
  庭芝能原谅作者一行人。
② 鼓角:战鼓和号角,军中用以传号令壮威。
③ "怅怅"句:天地虽大,怅然感到无可去之处。乾坤,天和地。
  靡所之,无可去之处。
④ 平山:扬州有平山堂,这里指代扬州。这句说夜里来到扬州,

不知什么时辰了。夜何其:夜里什么时辰。其,语末助词,表疑问,《诗经·小雅·庭燎》:"夜如何其,夜未央。"

⑤"翁翁"二句:李庭芝下令高楼战鼓号角齐鸣,难道以抓我杀我为快意事吗? 翁翁,指李庭芝。甘心,快意。

　　制臣之命真州也①,欲见杀。若叩扬州门,恐以矢石相加②。城外去扬子桥甚近,不测③,又有哨,进退不可。

**城上兜鍪按剑看④,四郊胡骑绕团团⑤。**
**平生不解杨朱泣,到此方知进退难⑥。**

① "制臣"句:谓制置使李庭芝命令真州太守苗再成杀死文天祥。
② 矢石:箭和石块。
③ 不测:难以预测祸福。
④ 兜鍪(dōu móu):战时所戴的头盔。古称胄,汉以后称兜鍪。这里指守城士兵,手握剑柄怒视天祥一行。
⑤ 胡骑:元军骑兵。团团:到处都是。
⑥ "平生"二句:谓到扬州城里去,还是到扬子桥去,进退两难,无可奈何。杨朱泣:《淮南子·说林》:"杨子(即杨朱)见逵路(即四通八达的路)而哭之,为其可以南,可以北。"

　　杜架阁以为①:制臣欲杀我②,不如早寻一所,逃哨一日,却夜趋高邮,求至通州③,渡海归江南,或见二王④,伸报国之志,徒死城下无益⑤。

吾戴吾头向广陵⑥,仰天无告可怜生。

争如负命投东海⑦,犹会乘风近玉京⑧。

① 杜架阁:即杜浒。
② 制臣:指制置使李庭芝。
③ 通州:地名。今江苏南通市。
④ 二王:益王赵昰和广王赵昺,当时都在福建三山(今福州市)。
⑤ 徒死:无谓地死去。
⑥ "吾戴"句:即拼着性命去向扬州。吾戴吾头,提着头颅,即准备被杀之意。广陵,扬州在唐代时称广陵。
⑦ 负命:拼性命。
⑧ 玉京:帝都。


金路分谓出门便是哨①,五六百里而后至通州,何以能达?与其为此受苦而死,不如死于扬州城下,不失为死于南②,且犹意使臣之或者不杀也③。

海云渺渺楚天头④,满路胡尘不自由⑤。

若使一朝俘上去,不如判命死扬州⑥。

① 金路分:即金应。文天祥一行中的人。
② 南:指南宋尚未沦陷地区,如扬州、真州等地。
③ 使臣:指制置使李庭芝。
④ "海云"句:通州远在楚地的尽头。按,通州古代属楚国的边远地区。通州(今南通)近海,故言海云。
⑤ 胡尘:喻路途上的元军。

⑥ 判命:拼命。

　　予方未知所进退①,余元庆引一卖柴人至②,云:"相公有福,相公有福。"问:"能导至高沙否③?"曰:"能。"曰:"何处可暂避一日?"曰:"侬家可④。"曰:"此去几里?"曰:"二三十里。"曰:"有哨否?"曰:"数日不一至。"曰:"今日哨至,如何?"曰:"看福如何耳。"

路傍邂逅卖柴人,为说高沙可问津⑤。
此去侬家三十里,山坳聊可避风尘⑥。

① 未知所进退:意谓不知往哪里去。
② 余元庆:文天祥一行中的人。
③ 高沙:据清《嘉庆一统志》记载,高邮南有高沙馆。这里高沙指高邮。
④ 侬:方言,我。
⑤ 问津:询问渡口。这里指问路。
⑥ 风尘:此指元兵。

　　予从金之说①,恐制臣见杀;从杜之说②,恐北骑见捕,莫知所决③。时晓色渐分。去数步,则金一边来牵住;回数步,则杜一边又来拖。行事之难从违④,未有如此之甚者。

且行且止正依违⑤,仿佛长空曙影微⑥。
从者仓皇心绪急,各持议论泣牵衣。

① 金:金路分(金应)。见本卷《至扬州》第六首小序。

② 杜:杜架阁(杜浒)。见本卷《至扬州》第五首小序。

③ 莫知所决:不知道如何决断。

④ 从违:或听从或相违,意谓犹豫不决。诗中作依违。

⑤ 且行且止:走走停停。"且……且……"连用,表示两件事同时进行。《史记·李将军列传》:"士死者过半,而所杀伤匈奴亦万余人,且引且战。"

⑥ 曙影微:即序中"晓色渐分"之意。


同行通十二人,行止未决。余元庆、李茂、吴亮、萧发遽生叛心①。所怀白金各一百五十星上下②,竟携以走。

**问谁攫去橐中金③,僮仆双双不可寻④。**

**折节从今交国士⑤,死生一片岁寒心⑥。**


① 遽:突然。

② 星:秤杆上标记斤、两、钱的小点,此处指重量单位两。

③ 攫(jué):夺取。橐(tuó):布袋。

④ 双双:两对,即余元庆等四人。

⑤ 折节:屈己下人,降低身份。《管子·霸言》:"折节事强以避罪,小国之形也。"国士,国中才能杰出的人。《战国策·赵策》:"知伯以国士遇臣,臣故国士报之。"

⑥ 岁寒心:遇到艰难而不改节义的心。《论语·子罕》:"岁寒,然后知松柏之后凋也。"


予危急中,随行四人皆负而逃①。外既颠跻②,内又饥困,行数十步,喘甚不能进,倒荒草中,扶起又行,如此数十而天晓矣③。

　　颠崖一陷落千寻④,奴仆偏生负主心。
　　饥火相煎疲欲绝,满山荒草晓沉沉。


① 负:背弃。
② 颠阶:跌倒,坠落。
③ 晓:天明。
④ "颠崖"句:像从高崖陷落千寻谷底。喻遭受极大挫折。古代以八尺为一寻,千寻形容极高或极深。


　　予不得已①,去扬州城下②,随卖柴人趋其家,而天色渐明,行不能进。至十五里头,半山有土围一所,旧是民居。毁荡之余无椽瓦。其间马粪堆积。时惟恐北有望高者③,见一队人行,即来追逐。只得入此土围中暂避。为谋拙甚④,听死生于天矣。

　　戴星欲赴野人家⑤,曙色纷纷路愈赊⑥。
　　仓卒只从山半住⑦,颓垣上有白云遮⑧。


① 不得已:没有办法。
② 去:离开。
③ 惟恐:只担心。北,指代元兵。
④ 为谋拙甚:暂避土围这个计谋很笨拙,很不保险。
⑤ 戴星:顶着星星。此处谓天亮前。野人家:即卖柴人的家。

⑥ 赊(shē):长,远。唐代韩愈《赠译经师》:"万里休言道路赊。"
⑦ 仓卒:同"仓猝"。
⑧ 颓垣:倒塌的墙头。


　　既入土围中,四山阒然①,无一人影。时无米可饭,有米亦无烟火可炊,怀金无救也②,哀哉!

### 路逢败屋作鸡栖③,白屋荒荒鬼哭悲④。
### 袖有金钱无米籴⑤,假饶有米亦无炊⑥。

① 阒(qù)然:形容寂静无声。唐代韩愈《曲江夜思》:"林塘阒寂偏宜夜,烟火稀疏便似村。"
② "怀金"句:身边有钱也无法可救。
③ 鸡栖:暂住土围如同鸡宿于鸡窝。
④ 白屋:穷人家住的用茅草覆盖的屋子。《汉书·吾丘寿王传》:"三公有司,或由穷巷,起白屋,裂地而封。"
⑤ 籴(dí):购买粮食。
⑥ 假饶:假如。


　　土围粪秽不可避①,但扫净数人地②,以所携衣服贴衬地面,睡起复坐,坐起复睡,日长难过,情绪奄奄③。哀哉!

### 扫退蜣螂枕败墙④,一朝何止九回肠⑤。
### 睡余扪虱沉沉坐⑥,偏觉人间白昼长。

① 粪秽:马粪等脏东西。秽,污浊。

② 但:仅仅。

③ 奄奄:低靡不振貌。

④ 蜣螂(qiāng láng):俗名屎壳郎。背有硬壳,黑色,生活在粪堆中。

⑤ 回肠:形容内心焦虑不安,或情绪激动,仿佛肠在旋转一般。

⑥ 扪虱:捉虱子。扪,按,摸。


北法①,惟午前出哨,午后各归。若是日起②,踵至午后③,欢曰:"今日得命矣。"忽闻人声喧啾甚④,自壁窥之,乃北骑数千,自东而西。于是追咎不死于扬州城下⑤,而被捉于此,苦矣,苦矣!时大风忽起,黑云暴兴⑥,数点微雨下,山色昏冥,若有神功来救助也。

> 飘零无绪叹途穷,搔首踟蹰日已中⑦。
> 何处人声似潮沂⑧,黑云骤起满山风。

① 北法:元人的规定。

② 是日:这一天。

③ 踵:同"捱",等候到。

④ 喧啾:嘈杂吵闹声。

⑤ "于是"句:谓责怪自己还不如死在扬州李庭芝手下。追咎,责怪。

⑥ 暴兴:突然兴起。

⑦ 踟蹰:犹豫不决。

⑧ 潮沂:潮水奔流。沂,逆行的水流。

数千骑随山而行,正从土围后过。一行人无复人色,傍壁深坐,恐门外得见。若一骑入来,即无噍类矣①。时门前马足与箭筒之声历落在耳②,只隔一壁。幸而风雨大作,骑只径去。危哉危哉,哀哉哀哉!

**昼阑万骑忽东行③,鼠伏荒村命羽轻④。**

**隔壁但闻风雨过,人人顾影贺更生⑤。**

① 噍(jiào)类:原谓能吃东西的动物,特指活着的人。《汉书·高帝纪上》:"(项羽)尝攻襄城,襄城无噍类。"
② 历落:形容声音错落不断。
③ 昼阑:白天将尽时分。
④ "鼠伏"句:好像老鼠一样躲避荒村,生命朝不保夕,如鸟羽一般轻。鼠伏,见《上江难》注。
⑤ 顾影:看自己的影子。贺更生:庆贺自己再生。指未被元兵发现。

予与杜架阁及金应、张庆、夏仲、吕武、王青、邹捷共八人在土围中,时已过午,谓哨不来。山下一里有古庙,庙中有丐妇居之。庙前有井,遂遣吕武、邹捷下山汲水①,意或可以得米菜,少救饥饿②。不料哨至,二人首被获。二人解所腰白金近三百两,悉以与之③。北受金,得不杀。及哨过,二人方回,相向哀泣,又幸性命之苟全。

**青衣山下汲荒泉④,道遇腥风走不前⑤。**

**向晚归来号且哭⑥,胡儿只为解腰缠⑦。**

① 汲水：提水。
② 少：稍微。
③ 悉：全部。
④ 青衣山：小丘名，在江苏高邮县境内。土围即在此山腰。
⑤ 腥风：有腥味的风，指元兵。
⑥ 向晚：近晚。
⑦ 解腰缠：即抢走腰缠的银子。

　　早从卖柴人行，不能前，遂至于土围中。约卖柴人入城籴米救性命①。云："不奈何忍饥一日。城中餔晡后方开门②，米至则黄昏矣。"是日，北数百骑薄西城，于是门不开，卖柴人竟不得出③。予等饥窘失措，又以土围中露天不可睡卧，于是下山投古庙中，与丐妇人同居焉。

## 眼穿只候卖柴回④，今日堡城门不开。
## 籴米已无消息至，黄昏惆怅下山来⑤。

① 籴：购买粮食。
② 晡(bū)：中午。
③ 出：指卖柴人从城中回到城外。
④ 眼穿：成语"望眼欲穿"的省略，指想念盼望心情迫切。
⑤ 惆怅：失意的样子。山：指青衣山。

　　既至庙中，坐未定，忽有人携梴至①。良久，三四人陆续来。吾意不免矣②。乃知其人自城中来，夜讨柴来，早入城赴卖，无恶意也。数人煮糁羹③，出其余以遗我④。有未冠者⑤，一夕于庭中烧火照明，诸樵亦不睡，予等且困且睡，是不可言。

> 既投古庙觅糁羹⑥，三五樵夫不识名。
> 僮子似知予梦恶，生柴烧火到天明。

① 梃(tǐng)：棍棒。
② 不免：无法避免被抓。
③ 糁羹：米菜合煮的稠汤。糁，煮熟的米粒。
④ 遗(wèi)：给与。
⑤ 未冠者：不满二十岁的童子。古代二十岁行冠礼，戴上帽子，表示成年。
⑥ 藜羹：野菜汤。藜，一年生草本植物，开黄绿色花，嫩叶可吃。

　　予等饥甚，樵者饮食，辄乞其余①。破庙何所，风露凄然，仅存身犹不自保。哀哉！

> 苦作江头乞食翁②，一层破庙五更风。
> 眼前境界身何许，始悟人间万法空③。

① 辄：就。乞其余：讨吃剩下的残羹。
② 江头：江边。乞食翁：讨饭人。
③ 万法：佛教语，指一切事物。

　　予见诸樵夫，幸而可与语。告以患难，厚许之①，使导往高沙②。赖其欣然见从。谓此处不是高沙路，方驻堡城北门贾家庄③。少驻一日,却为入城籴米买肉,以救两日之饥;又雇马办干粮,以备行役④。於是五更随诸樵夫往焉。时樵夫知予无聊,又有所携,使萌不肖心⑤,得财岂不多於所许? 淮人依本分感激,岂亦有天意行其间乎?

> 樵夫偏念客途长,肯向城中为裹粮⑥。
> 晓指高沙移处泊⑦,司徒庙下贾家庄。

① 厚许:许诺给予丰厚报酬。
② 导:带路。高沙:即高邮。
③ 贾家庄:在江苏高邮县南。
④ 行役:行旅。
⑤ "使萌"句:如果产生坏心。不肖,本指不孝,这里指坏心。
⑥ 裹粮:携带干粮。
⑦ 移处泊:换一个地方住下。泊,栖止,停留。

## 贾家庄

予初五日随三樵夫黎明至贾家庄①,止土围中,卧近粪壤,风露凄然。时枵腹已经两夕一日半②,恳三樵夫入城籴米买肉,至午而得食。是夜,雇马趋高沙。

> 行边无鸟雀③,卧处有腥臊④。
> 露打须眉硬⑤,风搜颧颊高⑥。

流离外颠沛，饥渴内煎熬。

多少偷生者，孤臣叹所遭。

① 初五日：即德祐二年三月初五日，后文还有一个闰三月。
② 枵（xiāo）腹：空腹。谓饥饿。范成大《次韵陈季陵寺丞求歇石眉子砚》："宝玩何曾救枵腹。"
③ 行边：路边。
④ 腥臊：因"卧近粪壤"，故云。
⑤ 须眉：胡须和眉毛。
⑥ 风搜：风刮。颧颊高：颧骨和颊骨高起。说明人很瘦。

## 扬州地分官

初五至晚，地分官五骑咆哮而来①，挥刀欲击人，凶焰甚于北②。亟出濡沫③，方免毒手。急令离地分去，告以入城，云："入城必被杀。"幸而脱北方之难，不意困折于我土地。天地虽大，无所容身。哀哉！

五骑驰来号徼巡④。咆哮按剑一何嗔⑤。
金钱买命方无语，何必豺狼骂北人⑥。

便当缟素驾戎车⑦，畏贼何当畏虎如⑧。
看取摘星楼咫尺⑨，可怜城下哭包胥⑩。

① 地分官:宋代地区上维持社会治安的官职。

② 甚:超过。

③ 濡沫:本意为用唾沫来湿润。语出《庄子·大宗师》:"泉涸,鱼相与处于陆,相呴以湿,相濡以沫,不如相忘于江湖。"此指仅剩的一点钱财。

④ 徼巡:巡逻兵。即《后序》中所称"巡徼"。

⑤ 一何嗔:多么愤怒。一何,多么。杜甫《石壕吏》:"吏乎一何怒。"嗔,发怒。

⑥ "何必"句:谓元人中有豺狼,宋人中也有像豺狼一样的人。

⑦ 缟素:喻清白俭朴。《史记·留侯世家》:"夫为天下除残贼,宜缟素为资。"戎车:兵车。

⑧ "畏贼"句:意为害怕地分官怎么能像害怕老虎一样。贼,指地分官。何当,怎能。畏虎如,即畏如虎。

⑨ "看取"句:看那扬州城上摘星楼就在眼前了。摘星楼,扬州城上的一座楼。咫尺,形容距离近。咫,八寸。

⑩ 哭包胥:见本卷《议纠合两淮复兴》注㉛。

# 思则堂先生①

初四日②,予在桂公塘③。北骑数千东行,莫知其故。贾家庄有樵夫云:"昨夜北营甘泉西④,去城四十里,有白须老子,设青罣罳饭于救生寺灶前⑤,称南朝相公。"问其何如?曰:"面大而体肥。"以意逆之⑥,则堂家先生也。因知昨日北驱奉使北去,与其所掠老小辎重偕行⑦。予虽不免颠踣道路⑧,较诸先生,不以彼易此也⑨。先生尝云:"某四十规行矩步⑩,今日乃有此厄⑪。"流涕二十八字⑫。

白须老子宿招提<sup>⑬</sup>，香积厨边共晚炊<sup>⑭</sup>。

借问鱼羹何处少，北风安得似南枝<sup>⑮</sup>。

① 则堂：即共去大都的家铉翁，号则堂，曾知常州、绍兴，官至端
明殿学士兼签书枢密院事。

② 初四日：德祐二年三月初四日。

③ 桂公塘：地名，在今高邮县境内。

④ 甘泉：在江苏高邮城南四十里。

⑤ 罣罳(guà sī)：一种筛米粉的器具，留粗出细。青罣罳饭，即
粗米饭。

⑥ 逆：推测。

⑦ 辎重：行者携载的物资。

⑧ 颠踣(bó)：跌倒。形容路途艰辛。

⑨ "不以"句：不愿以彼来交换此，意即家铉翁的境况比我还差。
易，交换。

⑩ 规行矩步：走路端正，意即谨守礼法。

⑪ 厄：灾难。

⑫ "流涕"句：流着泪写下这首诗。

⑬ 招提：僧寺的别称。

⑭ 香积厨：寺庙内的厨房。香积，佛寺。

⑮ 南枝：成语"南枝北枝"的省略。喻一人处境前后苦乐不同。
全句说作者在苏北流离颠沛比不上则堂在北去路上的艰辛。

# 高沙道中<sup>①</sup>

予雇骑夜趋高沙。越四十里，至板桥<sup>②</sup>，迷失道。一

夕行田畈中③,不知东西,风露满身,人马饿乏,旦行雾中不相辨。须臾④,四山渐明,忽隐隐见北骑⑤。道有竹林,亟入避⑥。须臾,二十余骑绕林呼噪。虞候张庆右眼内中一箭⑦,项二刀,割其髻,裸于地。帐兵王青缚去⑧。杜架阁与金应,林中被获,出所携黄金赂逻者,得免。予藏处距杜架阁不远,北马入林,过吾旁三四,皆不见。不自意得全。仆夫邹捷,卧丛篆下⑨,马过,踏其足,流血。总辖吕武⑩、亲随夏仲⑪,散避他所。是役也,予自分必死。当其急时,万窍怒号⑫,杂乱人声。北仓卒不尽得⑬,疑有神明相之⑭。马既去,闻其有焚林之谋,亟趋对山⑮,复寻丛篁以自蔽。既不识路,又乏粮食,人生穷戚⑯,无以加此。未几,吕武报北骑已还湾头,又知路边鲇鱼坝传闻不尽信⑰。然他无活策,黾勉趋去⑱,侥幸万一。仓皇匍匐不能行⑲。先是自扬州来,有引路三人,牵马三人,至是或执或逃⑳,仅存其二。二人出于无聊,各操梃相随㉑,有无礼之志。逡巡行路㉒,无可奈何。至晚西,忽遇樵者数人,如佛下降。偶得一箩,以绳维之㉓,坐于箩中,雇六夫,更迭负送㉔,驰至高邮城西,天已晓,不得渡,常恐追骑之奄至也㉕。宿陈氏店,以茅覆地,忍饿而卧,黎明过渡,而心始安。痛定思痛㉖,其涕如雨。

三月初五日,索马平山边㉗。
疾驰趋高沙,如走阪上圆㉘。
夜行二百里,望望无人烟。

迷途呼不应，如在盘中旋㉙。

昏雾腥且湿，怒飙狂欲颠㉚。

流溅在须发㉛，尘沫满橐鞬㉜。

红日高十丈，方辨山与川。

胡行疾如鬼㉝，忽在林之巅。

谁家苦竹园，其叶青戋戋㉞。

仓皇伏幽篆㉟，生死信天缘㊱。

铁骑俄四合㊲，鸟落无虚弦㊳。

绕林势奔轶㊴，地动声喧阗㊵。

霜蹄破丛翳㊶，出入相贯穿。

既无遁形术㊷，又非缩地仙㊸。

猛虎驱群羊㊹，兔鱼落蹄筌㊺。

一吏射中目，颈血仅可溅㊻。

一隶缚上马，无路脱纠缠。

一厮蹒其足㊼，吞声以自全。

一宾与一从，买命得金钱。

一伻与一校㊽，幸不逢戈铤㊾。

嗟予何薄命㊿，寄身空且悬㊿。

萧萧数竹侧，往来度飞鞯㊿。

游锋几及肤㊿，怒兴空握拳㊿。

跬步偶不见⑤，残息忽复延。

当其蹙迫时⑤，大风起四边。

意者相其间，神物来蜿蜒⑤。

更生不自意⑤，如病乍得痊⑤。

须臾传火攻，然眉复相煎⑥。

一行辄一跌⑥，奔命度平田。

幽篁便自托⑥，仰天坐且眠。

晴曦正当昼，焦肠火生咽⑥。

断罂汲勺水⑥，天降甘露鲜。

青山为我屋，白云为我椽⑥。

彼草何荒荒，彼水何潺潺。

首阳既无食⑥，阴陵不可前⑥。

便如失目鱼，一似无足蚿⑥。

不见道旁骨，委积有万千。

魂魄亲蝇蚋⑥，膏脂饱乌鸢⑦。

使我先朝露⑦，其事亦复然。

丈夫竟如此，吁嗟彼苍天⑦。

古人择所安，肯蹈不测渊⑦。

奈何以遗体，粪土同弃捐⑦。

初学苏子卿⑦，终慕鲁仲连⑦。

为我王室故，持此金石坚⑦。

自古皆有死，义不污腥羶⑱。

求仁而得仁，宁怨沟壑填⑲。

秦客载张禄⑳，吴人纳伍员㉑。

季布走在鲁㉒，樊期脱于燕㉓。

国士急人病㉔，倜傥何拘挛㉕。

彼人莫我知㉖，此恨付重泉㉗。

鹊声从何来，忽有吉语传㉘。

此去三五里，古道方平平㉙。

行人渐复出，胡马觉已还。

回首下山阿㉚，七人相牵连㉛。

东野御已穷，而复加之鞭㉜。

跰足如移山㉝，携持姑勉旃㉞。

行行重狼顾㉟，常恐追骑先。

扬州二游手，面目轻且儇㊱。

自言同脱虏，波波口流涎㊲。

白日各持梃，其来何翩翩㊳。

奴辈殊无聊，似欲为鹰鹯㊴。

逡巡不得避㊵，默默同寒蝉㊶。

道逢采樵子㊷，中流得舟船。

竹篼当安车[103]，六夫共赪肩[104]。

四肢与百骸，屈曲如梧棬[105]。

路人心为恻[106]，从者皆涕涟。

星奔不可止[107]，暮达城西阡。

饥卧野人庐，藉草如针毡[108]。

诘朝从东渡[109]，始觉安且便。

人生岂无难，此难何迍邅[110]。

重险复重险，今年定何年[111]。

圣世基岱岳，皇风扇垓埏[112]。

中兴奋王业，日月光重宣[113]。

报国臣有志，悔往不可湔[114]。

臣苦不如死，一死尚可怜。

堂上太夫人，鬓发今犹玄[115]。

江南昔卜宅[116]，岭右今受廛[117]。

首丘义皇皇[118]，倚门望惓惓[119]。

波涛避江介[120]，风雨行淮壖[121]。

北海转万折，南洋泝孤骞[122]。

周游大夫蠡[123]，放浪太史迁[124]。

倘复游吾盘[125]，终当耕我绵[126]。

夫人生于世[127]，致命各有权[128]。

慷慨为烈士，从容为圣贤。

稽首望南拜⑫，著此泣血篇。

百年尚哀痛，敢谓事已遄⑬。

北以高邮米担济维扬⑬，故自湾头夜遣骑截诸津⑬，鲇鱼坝其一。予是夜若非迷途，四更可达坝所，当一网无遗。乃知一夕仓皇失道，亦若有鬼神鼓动于其间。颠沛之余，虽幸不死，何幸至此极也⑬！

① 高沙：即高邮。作者往高沙的时间在德祐二年三月初五夜里。
② 板桥：村庄名称，在高邮南。
③ 一夕：整个夜里。田畈(fàn)：成片的田。
④ 须臾：一会儿。
⑤ 北骑：元军骑兵。
⑥ 亟：急忙。
⑦ 虞候：军中职务名称。
⑧ 帐兵：帐下亲兵。
⑨ 丛筿(xiǎo)：矮小的竹丛。筿，细竹。
⑩ 总辖：军中职务名称。
⑪ 亲随：官员身边的随从人员。
⑫ 万窍怒号：多种声音同时响起。这里指风声大作。《庄子·齐物论》："夫大块噫气，(大地上空气流通似人的悲叹声)其名为风。是唯无作，作则万窍怒号。"窍，孔穴。
⑬ 北：指元兵。仓卒：仓猝。卒通"猝"。
⑭ 相：帮助。
⑮ 趋：快步走。对山：对面的土丘。

135

⑯ 穷蹙:窘迫,困厄。

⑰ 知:告诉。

⑱ 黾勉:勉力。

⑲ 匍匐:贴身于地,手足并用爬行。

⑳ 执:被抓走。

㉑ 梃:棍棒。

㉒ 逡(qūn)巡:徘徊不进。贾谊《过秦论》:"九国之师,逡巡而不敢进。"

㉓ 维:系缚。

㉔ 更迭:交替。负:用肩背。

㉕ 奄至:忽然来到。

㉖ 痛定思痛:痛苦过去了,追想从前的痛苦。韩愈《与李翱书》:"如痛定之人,思当痛之时,不知何能自处也。"

㉗ "索马"句:在扬州寻觅到马匹。平山,扬州有平山堂,这里代扬州。

㉘ "如走"句:好像在斜坡上滚下弹丸。形容马跑得很快。阪,斜坡。圆即弹丸。《汉书·蒯通传》:"必相率而降,犹如阪上走丸也。"

㉙ "如在"句:意谓团团转,找不到方向。

㉚ 怒飙:巨风。

㉛ "流澌"句:谓雾气化成水,从胡须和头发上流下。流澌,流水。

㉜ "尘沫"句:尘垢沾污盛弓箭的皮袋。尘沫,指尘垢。橐,无底的皮袋。鞬,盛弓矢的器具。

㉝ 胡:指元兵。

㉞ 戋戋(jiān):细小。

㉟ 幽篁:幽深的小竹林。篁,小竹,细竹。

㊱ "生死"句:是死是活只能听凭天意了。

㊲ "铁骑"句:这句话说元人骑兵于片刻之间包围上来。俄,一

会儿，片刻。

㊳“鸟落”句：元兵射击竹林中的飞鸟，命中率高。也可解释为作者一行像弓弦下的鸟儿一样，处境危险。

㊴奔轶：形容走得快。

㊵“地动”句：声响震地。喧阗，吵闹、喧哗。

㊶“霜蹄”句：元人骑兵横穿竹林。丛翳（yì），此处谓竹林茂密互相遮蔽。

㊷遁形术：隐去形体使人不见的法术。

㊸缩地：传说中能化远为近的神仙之术。

㊹猛虎：喻元人骑兵。群羊：喻作者一行。

㊺蹄筌：蹄，捕兔的工具。筌，捕鱼的工具。《庄子・外物》：“筌者所以在鱼，得鱼而忘筌；蹄者所以在兔，得兔而忘蹄。”这里指作者一行似兔鱼陷入了罗网。

㊻仅：几乎。杜甫《泊岳阳城下》：“江国逾千里，山城仅百层。”

㊼厮：古代称奴仆为厮。躏：践踏。

㊽此处伻、校与上文的吏、隶、厮、宾、从等都有所指。伻（使者）指夏仲，校指吕武，吏指张庆，隶指王青，厮指邹捷，宾指杜架阁，从指金应。

㊾戈铤（chán）：戈与铤为两种兵器。铤，铁柄短矛。

㊿“嗟予”句：叹我何等命运不好。

(51)“寄身”：身子像悬在空中，言没有依靠，十分危险。

(52)飞鞯：速度飞快的骑兵。鞯，马背上的鞍具。这里代指骑兵。

(53)“游锋”句：谓敌人的刀锋几乎伤及身体。游锋，（元兵）随意挥动的刀器。

(54)空握拳：徒自握紧拳头。汉代桓宽《盐铁论・险固》：“戍率陈胜，无将帅之任，师旅之众，奋空拳而破百万之师。”

(55)“跬步”句：谓双方相隔仅半步，没有被敌人发现，纯属偶然。跬步，半步。

㊏ 蹙迫:急迫。

㊐ "意者"二句:谓想来有神灵在迂回曲折地帮助作者一行。蜿蜒,萦回曲折。

㊑ 更生:再生。《史记·主父偃传》:"元元黎民得免于战国,逢明天子,人人自以为更生。"

㊒ 瘥:病愈。

㊓ 然眉:即火烧眉毛,表示事情危急之极。然,"燃"的本字。

㊔ 辄:就,往往。

㊕ "幽篁"句:托命藏身于深深的竹丛。

㊖ "焦肠"句:形容饥渴,也形容焦急。咽,喉咙。

㊗ 断罂(yīng):破瓶。罂,口小腹大的瓶。

㊘ "青山"二句:写露宿。

㊙ 首阳:山名。在今山西永济县。殷商灭亡,伯夷、叔齐不愿吃新朝周代的粮食,逃于首阳山下,挖蕨菜而食,终于饿死于此。这句说像当年首阳山下一样没有食物可吃,挨饿。

㊚ 阴陵:古代楚国县邑,在今安徽定远县。相传项羽兵败,在此迷失道路。这句说不能往前走,有危险。

㊛ "一似"句:很像没有脚的香延虫。蚿,虫名,节肢动物,多足,有臭腺,俗称香延虫。

㊜ "魂魄"句:谓尸体被苍蝇和蚋虫所食。魂魄,指道旁百姓的尸骨。

㊝ 乌鸢:乌鸦和老鹰。

㊞ 先朝露:意谓生命比朝露消失得还快。此指早死。

㊟ "吁嗟"句:唉,我的天哪!

㊠ "肯蹈"句:岂愿踏上很危险的境地。不测渊,难测的深渊,比喻极度危险处。

㊡ "奈何"二句:谓父母所给的身体,作者为什么甘愿像粪土一样轻易抛弃?以下八句是回答。遗体,父母所生的身体。

《礼记·祭义》:"身也者,父母之遗体也。"

⑦ 苏子卿:即汉代苏武。详见卷一《和"言"字韵》注⑦。

⑦ 鲁仲连:战国时鲁仲连不满秦王称帝的图谋,他说:假如秦王称帝,那么我鲁仲连只有投东海自杀了。参见《愧故人》注。

⑦ 金石坚:南归宋朝抗元的决心像金石般坚定。

⑦ "义不"句:谓不愿屈膝投降于元人。腥膻,喻元朝统治者。

⑦ "求仁"二句:为大节仁义而死,抛尸沟壑,不会有怨言。《论语·述而》:"子贡问孔子曰:'伯夷、叔齐何人也?'曰:'古之贤人也。'曰:'怨乎?'曰:'求仁而得仁,又何怨?'"

⑧ "秦客"句:据《史记·范雎传》记载,战国时代魏国人范雎,本是魏国中大夫须贾门客,因被怀疑通齐卖魏,差点被魏国相国魏齐鞭笞致死。后得机会远逃,改名为张禄。这时秦国的使者正在魏国,了解范雎的军事才能,用车把范雎暗中送往秦国,任宰相。

⑧ 伍员:据《国语·吴语》《史记》记载,伍子胥名员,春秋时楚国人,父奢兄尚皆被楚平王先后杀害。伍员奔亡吴国,乞食,吹箫,吴王收留他,重用他。封以申地,故又称申胥。与孙武共佐吴王伐楚,攻入郢都。又佐吴王打败越王勾践,越王请和,申胥谏不从,吴王听伯嚭谗言,伍员自杀。

⑧ 季布:据《史记·季布传》记载:秦末时,刘邦和项羽争夺天下,季布为项羽部将,几次追击汉高祖刘邦。项羽败亡,刘邦悬赏抓捕季布。季布逃往从前的鲁国地区。在朱家(姓朱名家)的家里卖身为奴。朱家为季布说情,刘邦赦免了季布。

⑧ 樊期:即樊於期。据《史记·刺客列传》记载:樊於期为秦国的将军,因得罪秦王,逃往燕国,太子丹收容了他。上述四人都在遭到厄难时遇人救助,作者为自己无人相救而发此感慨。

㊼ "国士"句：谓国中才杰急着帮人解除危难。病，危难。

㊽ "倜傥"句：举止言谈潇洒、豪爽的人为什么这样拘谨胆小。这里指苗再成受李庭芝约束，不敢救助作者。倜傥，举止潇洒、豪爽。

㊾ "彼人"句：那些人不理解我纠合两淮力量复兴宋朝的想法。莫我知，即莫知我，倒装。

㊿ "此恨"句：此恨即使死了也不忘记。重泉，同"黄泉"、"九泉"。

88 吉语：吉祥的消息。

89 古道：古老的道路，区别于田坂的阡陌。

90 山阿：山的曲折处。魏嵇康《幽愤》："采薇山阿，散发岩岫。"

91 七人：原为八人，因王青已被元人缚去，剩下七人。

92 "东野"二句：春秋时东野毕驾马远行，不顾马的疲劳，仍然策马加鞭，继续赶路，以致跌倒。事见《孔子家语·颜回》。这里喻作者一行已经疲劳不堪，但还得赶路往高邮。

93 "跰足"句：长满老茧的双脚移动吃力如同移山那么艰难。跰(pián)，手掌或脚底因长期磨擦而生的厚皮，俗称老茧。

94 "携持"句：谓七人互相搀扶且互相勉励。勉旃，勉励。旃，语末助词，无意义。

95 狼顾：心中胆怯，像狼一样常常回头注视。

96 轻且儇(xuān)：轻浮，不庄重。

97 "自言"二句：两个引路人说自己也是从元兵占领区逃出来的人，说这些话的时候，说得口水都流了出来。波波，形容话多。

98 翩翩：轻浮貌。

99 鹰鹯：凶猛的鸟。喻两个引路人。鹯，猛禽。

100 逡巡：见前注㉒。

101 寒蝉：冷天的知了。喻不作声。

⑩ 采樵子:打柴的人。

⑩ 竹畚:竹编的畚箕。安车:古代可以坐乘的小车。古车立乘,此为坐乘,故称安车。

⑩ 赪肩:肩头压得发红。谓樵夫抬竹畚箕时的辛苦。赪(chēng),红色。

⑩ "四肢"二句:坐在竹畚箕中,肢体弯曲如桮棬。桮棬,即杯棬,一种木质饮器,以木片弯曲而制成。《孟子·告子上》:"性,犹杞柳也;义,犹桮棬也。以人性为仁义,犹以杞柳为桮棬。"

⑩ 恻:怜悯。

⑩ 星奔:如流星飞逝,形容疾速。

⑩ 针毡:意谓坐在有针的毡上,表示不安适。

⑩ 诘朝:早晨。

⑩ 迍邅(zhūn zhān):难行不进,困顿,进退两难。

⑪ 定:算作,究竟。

⑪ "圣世"二句:宋朝基业稳固如泰山,教化远及四面八方。圣世,指宋朝。岱岳,泰山的别称。皇风,皇朝的教化。垓埏(gāi yán),边远地区,泛指四面八方。

⑪ "日月"句:重新弘扬宋朝如日月的光辉。

⑪ 悔往:追悔往事,深知(出使北营谈判)错误无法改正。湔(jiān):洗,清除。

⑪ 玄:黑色。这句说作者的母亲身体犹健,时年六十三岁。

⑪ "江南"句:作者家乡江西吉州庐陵属江南西路(今江西),是作者原来的居住地。卜宅,选择住地。古代造屋常以占卜方式选择地点。

⑪ "岭右"句:作者起兵勤王,出使北营时,其母亲及弟文璧等人已迁居广东惠州,在岭右住下。受廛,接受房屋。廛(chán),一夫所居的房屋。《孟子·滕文公》:"愿受一廛而为氓。"

⑱ 首丘：见《后序》注⑳。

⑲ "倚门"句：母亲盼望儿女回家的心情十分迫切、十分眷念。《国策·齐策》："王孙贾年十五事闵王，王出走，失王之处。其母曰：'女（同"汝"）朝出而晚来，则吾倚门而望；女暮出而不还，则吾倚闾而望。'"惓惓（juàn），思念深切。

⑳ "波涛"句：在江边躲避波浪。江介，江边。

㉑ 淮堧：淮河边上的地。堧（ruán），边缘余地。

㉒ "北海"二句：作者预想在海路上的艰难。孤骞，独自飞翔。

㉓ "周游"句：南归后将像春秋时越国大夫范蠡那样周游天下。范蠡大夫在越国帮助越王勾践消灭吴国后，功成身退，与西施共驾一舟，飘游太湖之上。

㉔ 放浪：不受拘束，自由自在。太史公司马迁为调查史实，曾游历许多地方。

㉕ 盘：盘谷。今河南济源市北，是唐代诗人李愿谷隐居之地。作者年轻时建宅于庐陵文山，据说有"盘谷之趣"。

㉖ 绵：绵山。今山西介休县南。是春秋时晋国介之推隐居的地方。以上四句都是写战乱平定之后，作者将悠游山水，隐居不仕，回归故乡，耕地自食。

㉗ 夫人：人。夫，句首助词，无意义。

㉘ 致命：献出自己的人生乃至生命。

㉙ 稽首：叩头。《尚书·舜典》："禹拜稽首。"疏："稽首为敬之极，故为首至地。"

㉚ "百年"二句：这次国家变乱，百年之后还会觉得悲痛，怎敢说很快就过去了呢？遄（chuán），此处意为遄往，即很快过去。

㉛ 济：助，救。

㉜ 津：渡口。

㉝ "何辜"句：犯何过错，竟要遭受这么巨大的灾难。

# 至高沙

予仓皇至高沙，惊魂靡定①。回思初四土围中，初二竹林里，几死于是。使果不免，委骨草莽，谁复知之？

**江南自好筑金台，何事风花堕向淮②。**
**若使两遭豺虎手，而今玉也有谁埋③。**

予至高沙，奸细之禁甚严。时予以箩为轿，见者怜之。又张庆血流满面，衣衫皆污。人皆知其为遇北，不复以奸细疑。然闻制使有文字报诸郡：有以丞相来赚城④，令觉察关防。于是不敢入城，急买舟去。

① 惊魂靡定：受惊的心还未安定下来。靡，无，没有。
② "江南"二句：这二句诗说南国一带是好招纳人材的。后悔自己为什么不南奔，却糊里糊涂出使北营，以至于历尽艰难。金台，黄金台的省称。战国时代燕昭王筑台于（河北）易水上，置千金，以延聘天下贤士，称曰黄金台。风花，《南史·范缜传》："（竟陵王萧）子良问曰：'君不信因果，何得富贵贫贱？'缜答曰：'人生如树花同发，随风而堕，自有拂帘幌坠于茵席之上，自有关篱墙落于粪溷之中。堕茵席者，殿下是也；落粪溷者，下官是也。贵贱虽复殊途，因果竟在何处？'"此处作者自比为风中之花，坠落在苏北受苦难，却说不出个因果。
③ "若使"二句：假使在土围中或在竹林里遭元人杀害，尸骨也无人埋葬。玉，喻身体。《晋书·庾亮传》："亮将葬，何充会之（到达），叹曰：'埋玉树于土中，使人情何能已。'"

④ 赚城：骗取城池。赚，骗。宋杨万里《诚斋集·诗情》："虚名
　满世真何用，要把虚名赚后生。"

# 发高沙①

晓发高沙卧一航②，平沙漠漠水茫茫③。
舟人为指荒烟岸，南北今年几战场。

　　平淮千里，莽为丘墟。自出高沙，满目空暵④。高邮
水与湾头通⑤，下海陵⑥，入射阳⑦，过涟水⑧，皆其路也。
二月六日，城子河一战⑨，我师大捷。人指某处是战场。

① 发高沙：离开高沙。
② 卧一航：乘船从高沙出发。航，此指船。
③ 漠漠：迷濛貌。
④ 空暵：荒凉干旱的样子。暵，干旱。
⑤ 高邮：地名，今江苏高邮。古名高沙。
⑥ 海陵：今江苏泰州。
⑦ 射阳：今江苏射阳。
⑧ 涟水：今江苏涟水。
⑨ 城子河：在高邮东，流经海陵等地。

城子河边委乱尸①，河阴血肉更稀微②。
太行南北燕山外③，多少游魂逐马蹄。

　　自至城子河，积尸盈野，水中流尸无数，臭秽不可当，

上下几二十里无间断。乃北以二月六日<sup>④</sup>，载奉使柳岳、洪雷震并辎重俱北<sup>⑤</sup>，嵇家庄击其前，高邮击其腰，北大丧败。柳岳死焉<sup>⑥</sup>，洪雷震今在高邮。见说北入江淮，惟此战我师大胜。

① 委：抛弃。
② 河阴：城子河南岸。河的南岸称阴，北岸称阳。
③ 太行：太行山。
④ 以：于，在。
⑤ 辎重：军用器械、粮食、营帐、服装等的统称。
⑥ 死焉：死在这次战役中。焉，相当于"于此"。

### 一日经行白骨堆，中流失柁为心摧<sup>①</sup>。
### 海陵棹子长狼顾<sup>②</sup>，水有船来步马来<sup>③</sup>。

是日经行战场，回顾阒然<sup>④</sup>。棹人心恙<sup>⑤</sup>，长恐湾头有人出来，又恐岸上有马来赶，正荒急间<sup>⑥</sup>，偶然柁拆，整柁良久。危哉险哉！

① 柁：同"舵"，船尾用来控制行驶方向的装置。心摧：伤心。
② 棹子：船夫。狼顾：狼行走时，常回过头来看，以防袭击。此处谓似狼回顾，形容慌张。
③ 步：同"埠"，码头。
④ 阒然：寂静的样子。
⑤ 棹人心恙：船夫心上不安。恙，小病。
⑥ 荒急：慌张。荒，通"慌"。

小泊嵇庄月正弦①，庄官惊问是何船②？
今朝哨马湾头出，正在青山大路边。

自高邮至嵇家庄③，方有一团人家，以水为寨。统制
官嵇耸，其子德润诣乡举，其侄昌，其馆客莆田人林希骥字
千里、林孔时字愿学，皆锐意于事功者。嵇设醴甚至④，
云："今早报湾头马出，到城子河边，不与之相遇，公福人
也。"为之嗟叹不置。愿学同德润送予至泰州。

① 小泊：短暂停泊。在此停船一夜，故称小泊。月正弦：时在三
月十日夜。
② 庄官：指统制官嵇耸。
③ 嵇家庄：即后诗的嵇庄，在高邮东。
④ 设醴：摆设酒席。醴，甜酒。至：周到。

# 嵇庄即事①

乃心王室故②，日夜奔南征。
蹈险宁追悔，怀忠莫见明③。
雁声连水远，山色与天平。
枉作穷途哭④，男儿付死生⑤。

① 嵇庄：在高邮县城东。即事：就眼前的事件作诗。
② 乃心王室：谓尽忠于朝廷。语出《尚书·康王之诰》。

③ "怀忠"句：忠心却得不到表明。指被李庭芝误解。

④ 穷途哭：《晋书·阮籍传》："(阮籍)时率意独驾,不由径路,车迹所穷,辄恸哭而反。"

⑤ "男儿"句：在艰难途穷时,男子只有不惜一切乃至献出生命,别无他路。

# 泰　州

予至海陵①,问程,趋通州凡三百里河道②,北与寇出没其间③,真畏途也④。

> 羁臣家万里⑤,天目鉴孤忠⑥。
> 心在坤维外⑦,身游坎窞中⑧。
> 长淮行不断,苦海望无穷。
> 晚鹊传佳好,通州路已通。

① 海陵：今江苏泰州市。据《纪年录》记载,作者于三月十一日到泰州。

② 趋：往。

③ 北与寇：元兵与地方上的土匪。

④ 畏途：艰难危险的路。李白《蜀道难》："畏途巉岩不可攀。"

⑤ 羁臣：羁旅流窜的大臣。这里是作者自称。

⑥ "天目"句：让天上的星星看见我的一片忠心。《晋书·天文志》："舆鬼五星,天目也,主视,明察奸谋。"

⑦ "心在"句：谓心思在千里外的南方。坤维,指南方。

⑧ 坎窞(dān)：地底洞穴,喻艰难凶险的处境。坎,洞穴。窞,穴中的小穴。《易·坎卦》："入于坎窞,凶。"

# 卜 神

通州三百里①,茅苇也还无②。
胡骑虎出没③,山䶉鬼啸呼④。
王阳怀畏道⑤,阮籍泪穷途⑥。
人物中兴骨⑦,神明为国扶⑧。

① 三百里:指泰州(海陵)至通州的路程。
② 茅苇:茅草和芦苇。
③ "胡骑"句:谓元人骑兵像老虎一样出没。
④ 山䶉:俗称飞鼠,形如蝙蝠,能在树林中滑翔,古人误以为鸟类。
⑤ "王阳"句:据《汉书·王尊传》记载,琅邪王阳是孝子,他做益
   州刺史时,行至邛崃山九折阪,想起身体是父母所遗,而心生
   畏惧,不敢前进。王尊称此处为"王阳所畏道"。畏道,畏途。
⑥ "阮籍"句:见卷三《嵇庄即事》注④。
⑦ "人物"句:作者一行是有志恢复国家强盛的硬骨头。中兴,
   国家由衰弱走向兴盛。
⑧ "神明"句:天神地祇也为国家助力。

# 旅 怀①

北去通州号畏途,固应孝子为回车②。
海陵若也容羁客③,剩买菰蒲且寄居④。

天地虽宽靡所容⑤，长淮谁是主人翁⑥。
江南父老还相念⑦，只欠一帆东海风⑧。


昨夜分明梦到家，飘飘依旧客天涯⑨。
故园门掩东风老，无限杜鹃啼落花⑩。


① 作者于海陵写下此诗。
② "北去"二句：谓路途艰险，孝子也会望而生畏，停车不前。用汉王阳畏道典故，见上首诗"王阳"句注。畏途，艰险可怕的路。回车，掉转车头回去。
③ 羁客：羁旅在外的人。这里指作者自己。
④ 菰蒲：菰和蒲，生长在水边。此处代指湖泽地带。
⑤ 靡所容：没地方可以容留我。靡，无。
⑥ 长淮：长江淮河地区，指扬州一带。
⑦ 江南父老：指浙江、福建、两广等未沦陷地区的老百姓。
⑧ "只欠"句：只缺少一艘顺风南下的船。
⑨ 客天涯：在天涯作客，逃亡。
⑩ "故园"二句：想象回家的情景，凄然神伤。杜鹃在暮春落花时节啼叫，其声哀切。


## 怀则堂实堂①


二先生于予厚，予之惓惓于二先生②，知二先生亦惓惓于予也。

白头北使驾双鞯③,沙阔天长泪晓烟④。

中夜想应发深省,故人南北地行仙⑤。

① 则堂:家铉翁。见前《思则堂先生》诗注①。实堂:吴坚,号实
堂。淳祐四年进士,官至左丞相兼枢密使。曾与家铉翁、贾
余庆等作为祈请使,赴元大都议降。
② 惓惓:念念不忘。
③ 双鞯:两匹马。鞯(jiān),马鞍,这里指代马。
④ 泪晓烟:在晓烟中落泪。
⑤ 故人:老朋友。地行仙:比喻远行的人。

# 贵　卿①

贵卿与予同患难,自二月晦至今日②,无日不与死为
邻,平生交游,举目何在? 贵卿真吾异姓兄弟也。

天高并地迥③,与子独牢愁④。

初作燕齐客,今为淮海游。

半生谁俯仰,一死共沉浮。

我视君年长,相看比惠州⑤。　惠州,予弟璧也。

① 贵卿:杜浒的字。
② 晦:农历每月的最后一天。
③ "天高"句:天高又地远。迥,远。
④ 牢愁:忧郁不平。唐代陆龟蒙《纪事》:"感物动牢愁,愤时频

肮脏。"

⑤ 比惠州：当作自己的弟弟一样看待。惠州，今广东惠阳。文
　璧当时任惠州知州，故以地名代称之。

# 忆太夫人①

三生命孤苦②，万里路酸辛③。

屡险不一险④，无身复有身⑤。

不忘圣天子，几负太夫人。

定省今何处⑥？新来梦寐频⑦。

① 太夫人：作者母亲曾氏。卒于景炎三年，享年六十五岁，此时
　六十三岁。
② 三生：佛教名词，指前生、今生、来生。
③ 万里路：指因战事从江西吉州庐陵迁往广东惠州，路经万里。
④ "屡险"句：不止一次经历危险。
⑤ "无身"句：屡次历险，差点死掉，又活下来。无身，死亡。有
　身，存活。
⑥ 定省：子女早晚向亲长问安。《礼记·曲礼上》："凡为人子之礼，冬
　温而夏清，昏定而晨省。"注："安定其床衽也，省问其安否何如。"
⑦ "新来"句：近来忆母亲的梦很频繁。

# 即　事

痛哭辞京阙①，微行访海门②。

151

久无鸡可听③,新有虱堪扪④。

白发应多长,苍头少有存⑤。

但令身未死,随力报乾坤⑥。

① 京阙:京城。

② 微行:官员隐蔽自己的身分改装出行。海门:今江苏海门,在南通以东,当长江入海处。

③ "久无"句:一说只因作者走的是水路,所以无鸡鸣可听。一说用祖逖闻鸡起舞的典故。

④ "新有"句:《晋书·苻坚载记》:"桓温入关,王猛被褐而诣之。一面谈当世之事,扪虱而言,旁若无人。温察而异之。"这句写作者从容谈论国事,不忘国忧。

⑤ "苍头"句:谓仆人也大多离开了。苍头,奴仆。卷三《至扬州》述及同行十二人中余元庆、李茂、吴亮、萧发四位仆人拿着银子叛离而去。

⑥ "随力"句:谓有多少力就出多少力来报效国家。乾坤,天和地。这里指国家。

# 纪 闲

九十春光好①,周流人鬼关②。

人情轻似土,世路险于山。

俯仰经行处,死生谈笑间③。

近时最难得,旬日海陵闲④。

① "九十"句:从正月出使到三月,逃亡到海陵正是春季好时光九十天。
② "周流"句:在鬼门关边逃来逃去。周流,转过来转过去。
③ "俯仰"二句:谓经过之处,随时有死去的危险。俯仰,低头和抬头,形容时间短暂。谈笑间,随时之意。
④ "旬日"句:在海陵(泰州)过了十天悠闲的日子。

# 声　苦

万死奔波落一生①,飘零淮海命何轻。

近来学得赵清献②,叫苦时时数十声③。

① 落一生:留下性命。
② 赵清献:即宋代赵抃,字阅道,衢州西安人。卒谥清献。
③ "叫苦"句:据《宋名臣言行录》载:"唐质肃屡争于上前,不能胜,未几,疽发于背而死,赵少师(即赵抃)力不胜,但终日叹息,遇一事更改,即声苦者数十。"

# 即　事

船只时间锁①,城孤日闭关。

惊心常有马②,极目奈无山。

出路相传险,行囊愈觉悭③。

归心风絮乱④,无奈一身闲⑤。

① 时间：眼下，目前。
② 马：指元人的哨马兵。
③ "行囊"句：钱袋里的钱感觉愈来愈少了。行囊，出行时所带的钱袋。悭（qiān），稀少。
④ "归心"句：南归之心强烈，如同风中飞絮翻动。
⑤ "无奈"句：意谓无法马上逃脱，无奈只能徒自闲着。

# 发海陵①

　　自二月十一日海陵登舟，连日候伴问占②，苦不如意。会通州六交自维扬回③，有弓箭可仗，遂以孤舟于二十一日早径发。十里，惊传马在塘湾④，亟回，晚乃解缆。前途吉凶未可知也。

　　自海陵来向海安⑤，分明如渡鬼门关⑥。
　　若将九折回车看⑦，倦鸟何年可得还⑧。

① 海陵：今江苏泰州。
② 问占：迷信的人用算卦解决疑难。俗称算命。
③ 六交：军中职称。
④ 塘湾：地名。今江苏泰州塘湾。
⑤ 海安：今江苏海安。
⑥ 鬼门关：迷信传说中的阴阳交界的关口，比喻凶险的地方。
⑦ 九折回车：谓路途多险。用汉王阳九折阪停车典，参见本卷《卜神》诗注⑤。
⑧ 倦鸟：喻作者一行。

# 闻 马

二十一夜宿白蒲下十里①。忽五更，通州下文字，驰舟而过，报吾舟云：马来来②。于是速张帆去，荒迫不可言。二十三日，幸达城西门锁外③。越一日，闻吾舟过海安未远，即有马至县。使吾舟迟发一时顷④，已为囚虏矣，危哉！

过海安来奈若何，舟人去后马临河。

若非神物扶忠直，世上未应侥幸多。

① 白蒲：地名。今江苏如皋境内。
② 马来来：元人骑兵来了。后一"来"字为南通一带方言，相当于"了"。
③ 城西：通州城西。
④ 一时顷：一会儿，片刻。

# 如 皋

如皋县隶有泰州朱省二者，受北命为宰①，率其民梗②道路，予不知而过之。既有闻，为之惊叹。

雄狐假虎之林皋③，河水腥风接海涛④。

行客不知身世险，一窗春梦送轻舠⑤。

① 宰:官吏的通称。朱省二接受元人任命作县宰。
② 梗:在路上设卡查讯。
③ 雄狐假虎:据《战国策·楚策》记载,老虎捉到一只狐狸,要吃它。狐狸说:"上天命令我担任百兽之王,你吃掉我就违背了天意。如果您不信,就跟我一块儿走,百兽见了我,没有一个不逃跑的。"老虎依从,跟它一块儿走,果然各种走兽都跑开了。老虎不知道百兽是怕自己,还真的以为怕狐狸。比喻依仗别人的势力欺压他人。这里指朱省二依仗元人的势力胡作非为。之:往,到。林皋:即山林。
④ 腥风:腥臭之风。此喻凶残的气氛。
⑤ 轻舠:形如刀的小船。

# 闻　谍

　　予既不为制钺所容①,行至通州,得谍者云②:"镇江府走了文相公,许浦③一路有马来捉。"闻之悚然④,为赋此。

　　北来追骑满江滨,那更元戎按剑嗔⑤。
　　不是神明扶正直⑥,淮头何处可安身?

① 制钺:指淮东制置使李庭芝。
② 谍者:秘密刺探情报的人。
③ 许浦:地名。在江苏常熟东北五十里,北通长江。
④ 悚然:惊惧的样子。
⑤ "北来"二句:谓既有元兵追捕,又遇李庭芝疑自己为赚城的

奸细。元戎：主将，统帅。此指淮东制置使李庭芝。嗔：怒，生气。

⑥ "不是"句：谓神灵帮助了自己。神明，神灵。

## 哭金路分应①

金应以笔札往来吾门二十年，性烈而知义，不为下流②。去年从予勤王，补两武资。今春特授承信郎、东南第六正将、赣州驻札。及予使北，转三官，授江南西路兵马都监、赣州驻札。予之北行也，人情莫不观望，僚从皆散，虽亲仆亦逃去。惟应上下相随，更历险难，奔波数千里，以为当然。盖委身以从，死生休戚③，俱为一人者。至通州④，住十余日矣。闰月五日，忽伏枕，命医三四，热病增剧。至十一日午气绝。予哭之痛。其敛也，以随身衣服，其棺如常。翌日葬西门雪窖边⑤。棺之上排七小钉，又以一小板片覆于七钉之上以为记。不敢求备者，边城无主，恐贻身后之祸。异时遇便，取其骨归葬庐陵，而后死者之目可闭也。伤哉伤哉！为赋二诗，焚其墓前。

我为吾君役⑥，而从乃主行⑦。
险夷宁异趣，休戚与同情⑧。
遇贼能无死，寻医剧不生。
通州一丘土，相望泪如倾。

明朝吾渡海⑨，汝魄在他乡。

六七年华短⑩，三千客路长⑪。

招魂情黯黯，归骨事茫茫。

有子应年长，平生不汝忘。

① 金应：江西吉水人，为文天祥书史。
② 下流：下等品第。
③ 休戚：喜与忧。
④ 至通州：时在闰三月十四日。闰三月十七日经海路南归。
⑤ 翌日：第二天，次日。
⑥ 吾君：我的君主宋帝端宗。役：奔走，效命。
⑦ "而从"句：你随你的主人行动。而，你。乃主，你的主人。指
　　作者自己。乃，你，你的。
⑧ "险夷"二句：危险与平安，你我同受，喜悦与忧愁，你我同感。
⑨ 明朝：即闰三月十七日。可见埋葬金应在闰三月十六日。
⑩ 六七年华：指活了四十二岁。
⑪ "三千"句：说金应葬身在遥远的他乡。

# 卷之四

第四卷的内容,据《指南录后序》云:"自海道至永嘉,来三山,为一卷。"表现诗人这样一段生活:从南通石港出海,经黄海南航,渡过扬子江,经黄浦江入东海,辗转于浙江宁波、天台,最后到达温州。时间从丙子闰三月十七日到四月初八,历时二十二天,共写诗二十九题,三十六首。

## 怀扬通州①

江波无奈暮云阴,一片朝宗只此心②。
今日海头觅船去,始知百炼是真金。

唤渡江沙眼欲枯③,羁臣中道落崎岖。
乘船不管千金购④,渔父真成大丈夫⑤。

范叔西来变姓名⑥,绨袍曾感故人情⑦。

而今未识春风面,倾盖江湖话一生⑧。

仲连义不帝西秦⑨,拔宅逃来住海滨⑩。
我亦东寻烟雾去,扶桑影里看金轮⑪。

① 杨通州:即通州守将杨练使师亮。作者一行受到杨师亮的
款待。
② 朝宗:臣下朝见天子。《周礼·春官·大宗伯》:"春见曰朝,
夏见曰宗。"
③ 江沙:江岸。眼欲枯:眼泪将要流尽,形容伤心之极。
④ 不管千金购:谓不受以千金悬赏的诱惑。
⑤ 渔父:春秋时伍子胥逃奔吴地,到了江边,不得过江,渔翁渡
了他。这里把杨通州比作渔父。
⑥ 范叔:即范雎,字叔。据《史记·范雎传》记载:范雎被诬受
笞,侥幸逃脱,变姓名为张禄,从魏逃亡到秦国。作者逃亡时
变姓名为刘洙,故自比为范雎。
⑦ 绨袍:据《史记·范雎传》记载:战国范雎事魏国中大夫须贾,
被贾毁谤,笞辱几死。逃至秦国,更名张禄,仕秦为相。后须
贾出使入秦,范雎故意着破衣往见。贾怜其寒,取一绨袍为
赠,旋知雎为秦相,大惊请罪。雎以贾赠绨袍,有眷恋故人之
意,故释放了他。绨袍,粗缯所制的衣服。
⑧ 倾盖:停车交盖相语。是说朋友相遇。
⑨ 仲连:见卷一《愧故人》注⑤。
⑩ 拔宅:全家迁移。
⑪ "扶桑"句:从太阳出来的地方观看太阳。金轮,太阳,喻宋
端宗。

# 海 船

海船与江船不同。自狄难以来①，从淮入浙者，必由海而通为孔道也②。由是海船发尽。适三月间，方有台州三姜船至，已为曹大监镇所雇。通州有下文字自定回③，张少保恰予之以一船④，亦是三月方到岸。而予适来，杨守遂以此舟送予，与曹大监俱南。向使有姜船而无张少保一舟，予不能行；有张少保而无姜船，予又无伴。不我先后⑤，适有邂逅⑥，神施鬼设而至也。

**海上多时断去舟，公来容易渡南州⑦。**

**子胥江上逢渔父，莫是神明遣汝否？**

① 狄难：指元人南侵。狄，对外族敌人的鄙称。难，灾难。
② 孔道：通道。
③ 下文字：此指传送公文的人。文字，公文奏疏之类。定：浙江定海。
④ 张少保：即张世杰，抗元名将。
⑤ 不我先后：不在我前，不在我后，正遇上了。
⑥ 邂逅：不期而遇。
⑦ "公来"句：张少保的船来了，就容易渡往两广、福建等南方地区了。南州，泛指南方地区。

# 发通州

予万死一生，得至通州，幸有海船以济①。闰月十七日发城下②，十八日宿石港③。同行有曹大监镇两舟，徐新班广寿一舟。舟中之人，有识予者。

> 孤舟渐渐脱长淮，星斗当空月照怀。
> 今夜分明栖海角，未应便道是天涯。

> 白骨丛中过一春④，东将入海避风尘。
> 姓名变尽形容改⑤，犹有天涯相识人。

> 淮水淮山阻且长⑥，孤臣性命寄何乡。
> 只从海上寻归路，便是当年不死方⑦。

① 济：渡海。
② 闰月：闰三月。
③ 石港：在今江苏南通东北海边，今称骑岸镇，因泥沙淤积，海岸线外移，已离海近三十里。文天祥一行从这里渡海南归。这是原有渡海亭，纪念文天祥。抗战中被日寇平毁，现已重建。
④ 一春：一个春季，作者流亡，时在正月到三月。
⑤ "姓名"句：《集杜诗·行淮东》："余与七人走荒野空屋中。是日（三月初四日）虏万骑自屋后过，幸而苟免。自是变姓名，趋高邮。"作者改名为清江刘洙。形容，脸色。
⑥ 阻：险。
⑦ 不死方：据《史记·秦始皇本纪》记载，秦始皇遣方士徐市（音fú，今作徐福）等入海求仙丹不死药。这里喻走海路才是唯一可靠安全的南归之路。

# 石　港①

王阳真畏道②,季路渐知津③。

山鸟唤醒客,海风吹黑人④。

乾坤万里梦,烟雨一年春。

起看扶桑晓⑤,红黄六六鳞⑥。

① 石港:见上诗注③。
② "王阳"句:见卷三《卜神》诗注⑤。
③ 季路:孔子的学生仲由,字子路,小孔子九岁。"长沮、桀溺耦
　　而耕,孔子过之,使子路问津焉"。这里喻作者找到了归宋的
　　路向。
④ "海风"句:海风吹黑人的脸色。
⑤ 扶桑:太阳出来的地方。
⑥ "红黄"句:形容海面波浪似鲤鱼鳞色。六六鳞:鲤鱼别称。
　　鲤鱼脊中鳞一道,每片有黑点,大小皆三十六鳞。

# 卖鱼湾

　　卖鱼湾,去石港十五里许。是日曹大监胶舟①,候潮
方能退。

风起千湾浪,潮生万顷沙。

春红堆蟹子,晚白结盐花②。

故国何时讯③,扁舟到处家。

狼山青两点④,极目是天涯。

① 胶舟:船搁浅在海滩。
② "春红"两句:海滩堆满蟹子,一片春红色;海滩结着盐花,一
　　片白花花。
③ 故国:指南宋。
④ 狼山:山名。在南通江边,形似狼蹲伏在地上。

## 即　事

　　宿卖鱼湾,海潮至。渔人随潮而上,买鱼者邀而即之,
鱼价甚平。

飘蓬一叶落天涯,潮溅青纱日未斜①。

好事官人无勾当②,呼童上岸买青鰕③。

① 青纱:单衣。
② 勾当:事情。《水浒》第十六回:"夫人处吩咐的勾当,你三人
　　自理会。"
③ 鰕:即虾。

## 北海口①

　　淮海本东海地,于东中云南洋、北洋②。北洋入山东,

164

南洋入江南。人趋江南而经北洋者，以扬子江中渚沙为北所用③，故经道于此，复转而南，盖辽绕数千里云。

> 沧海人间别一天，只容渔父钓苍烟。
> 而今蜃起楼台处④，亦有北来蕃汉船。

① 北海：长江口以北海域，今属黄海。
② 东中：晋室南渡后泛称浙江会稽一带。南洋北洋：今黄海。
③ "以扬子"句：因为长江中沙洲被元人占领。为此作者走北海，然后转向江南。
④ 蜃起楼台：出现海市蜃楼。

## 出　海

二十一夜，宿宋家林，泰州界。二十二日，出海洋。极目皆水，水外惟天，大哉观乎！

> 一团荡漾水晶盘，四畔青天作护阑①。
> 著我扁舟了无碍，分明便作混沦看②。

> 水天一色玉空明③，便似乘槎上太清④。
> 我爱东坡南海句："兹游奇绝冠平生"⑤。

① 护阑：即护栏。阑，同栏。
② 混沦：混沌。浑然未分貌。

③ 玉空明：像玉质那般透明。

④ 乘槎：据《博物志》记载，传说天河与海相通，每年八月有人浮槎来去，不误日期；有人乘浮槎上天。槎，木筏。太清，天空。

⑤ "我爱"二句：东坡，宋代文学家苏轼，号东坡。宋哲宗绍圣四年苏轼被贬谪于儋耳（在今海南岛），写有诗《六月二十日夜渡海》，末二句是："九死南荒吾不恨，兹游奇绝冠平生。"冠平生，平生所见之冠。

# 渔 舟

　　二十八日，乘风行，入通州海门界。午抛泊避潮，忽有十八舟，上风冉冉而来，疑为暴客①。四船戒严。未几，交语而退。是役也，非应对足以御侮，即为鱼矣②。危乎殆哉！

一阵飞帆破碧烟，儿郎惊饵理弓弦③。

舟中自信娄师德④，海上谁知鲁仲连⑤。

初谓悠扬真贼舰⑥，后闻欸乃是渔船⑦。

人生漂泊多磨折，何日山林清昼眠⑧。

① 暴客：盗贼。

② 鱼：即葬身鱼腹的意思。

③ 理弓弦：准备弓箭御盗贼。

④ 娄师德：据《新唐书·娄师德传》载，娄师德，唐代郑州原武县人，为相三十年，恭勤朴忠。

⑤ 鲁仲连：据《史记·鲁仲连传》载，仲连逃隐于海上曰："吾与

富贵而诎于人,宁贫贱而轻世肆志焉"(我与其接受富贵爵禄而要屈己听命于人,那我还不如固守贫贱,看淡世俗名利,让自己过顺心适志的生活。)

⑥ 悠扬:同"扬长",大模大样的样子。

⑦ 欸乃:象声词,摇橹声。唐元结《欸乃曲》:"谁能听欸乃,欸乃感人情。"

⑧ 清昼眠:白天睡眠。意谓过隐居不仕的清闲日子。


# 扬子江①


　　自通州至扬子江口,两潮可到。为避渚沙及许浦②,顾诸从行者,故绕去,出北海③,然后渡扬子江。

**几日随风北海游,回从扬子大江头④。**

**臣心一片磁针石,不指南方不肯休⑤。**


① 扬子江:长江的扬州以东地段称扬子江。

② 避渚沙:躲开长江中沙洲上的元兵。许浦:在长江南岸,今江苏常熟东北浒浦,也为元兵把守。

③ 出北海:取道北海。北海,长江口以北的海域,今属黄海。作者一行是从南通石港、卖鱼湾那里乘海船南奔的,不是在南通乘江船走的。所以下诗有"随风北海游"的描写。

④ "回从"句:作者一行乘海船到扬子江头算是开始南回了。

⑤ "臣心"二句:谓自己的心像指南的磁针一样,一定要指向南方才停歇。这是诗集命名为《指南录》的缘由。

# 使　风<sup>①</sup>

渺渺茫茫远愈微，乘风日夜趁东归。
半醒半困模糊处，一似醉中骑马飞<sup>②</sup>。

① 使风：利用风力张帆行船。
② 一似：很像。


# 苏州洋<sup>①</sup>

一叶漂摇扬子江<sup>②</sup>，白云尽处是苏洋。
便知伍子当年苦，只少行头宝剑装<sup>③</sup>。

① 苏州洋：今吴淞口一带海面。
② 一叶：一只小船。
③ "便知"二句：意谓自己像当年伍子胥逃往吴国一样艰苦，只
　是装束跟伍子胥不同而已。行头，服装、行装。


# 过扬子江心

　　大海中一条，自扬子江直上，淡者是。此乃长江尽
处<sup>①</sup>，横约百二十里。吾舟乘风过之，一时即咸水。

渺渺乘风出海门，一行淡水带潮浑。

长江尽处还如此，何日岷山看发源②。

① 长江尽处：长江水属于淡水，海水是咸的。入海口水面宽一
百二十里。

② 岷山：古人认为长江发源于四川省北部岷山。

## 入浙东

金鳌山在台州界①，高宗皇帝曾舣舟于此②。寺藏御
书③。四明既陷④，不知天台⑤存亡。忧心如捣⑥，见于
此诗。

厄运一百日⑦，危机九十遭。

孤踪落虎口，薄命付鸿毛⑧。

漠漠长淮路⑨，茫茫巨海涛。

惊魂犹未定，消息问金鳌。

① 金鳌山：在浙江象山港，古属台州界。作者于闰三月三十日
到达台州。

② 高宗皇帝：赵构。靖康元年(1126)，汴京(开封)被金兵所陷，
次年二月，徽、钦二帝被金兵俘获。五月，宗泽等奉康王赵构
为帝，称高宗。舣舟：让船靠岸。

③ 御书：皇帝所写手迹。

④ 四明：今浙江宁波。

⑤ 天台：今浙江天台。

⑥ 忧心如捣：忧愁如有东西在捣心一般。《诗经·小雅·小弁》："我心忧伤，惄(nì)焉如捣。"

⑦ "厄运"句：从正月十九出使北营被扣，至闰三月三十日达台州，约一百天。

⑧ 鸿毛：形容生命轻贱。司马迁《报任少卿书》："人固有一死，或重于泰山，或轻于鸿毛。"

⑨ 长淮：长江淮河一带。

# 夜　潮

雨恶风狞夜色浓，潮头如屋打孤篷①。

漂零行路丹心苦②，梦里一声何处鸿。

① 潮头如屋：形容浪高。篷：船篷。
② 丹心：赤诚之心。

# 乱礁洋

　　自北海渡扬子江，至苏州洋。其间最难得山。仅得蛇山、洋山大小山数山而已。自入浙东，山渐多。入乱礁洋，青翠万叠，如画图中。在洋中者，或高或低，或大或小，与水相击触，奇怪不可名状。其在两傍者，如岸上山。丛山实则皆在海中，非有畔际①。是日风小浪微，舟行石间，天巧捷出,令人应接不暇,殆神仙国也②。孤愤愁绝中,为之心广目明。是行为不虚云。

> 海山仙子国,邂逅寄孤蓬。
> 万象画图里,千崖玉界中③。
> 风摇春浪软,礁激暮潮雄。
> 云气东南密,龙腾上碧空④。

① 畔际:边际。
② 殆:大概。
③ 玉界:指清澈的海水。
④ "云气"二句:写东南云气直上碧空。

# 夜 走

　　舟入东海,报者云:"前有贼船。"行十数里,报如前。望见十余舟,张帆噢口①,意甚恶。梢人亟取灵山岩路避之。一夕摇船,极其荒迫,际晓,幸得脱去。

> 鲸波万里送归舟②,倏忽惊心欲白头③。
> 何处赭衣操剑戟④,同时黄帽理兜鍪⑤。
> 人间风雨真成梦,夜半江山总是愁。
> 雁荡双峰片云隔⑥,明朝蹑屐作清游⑦。

① 噢:即嶴,同"岙",浙江、福建等沿海一带称山间平地为岙。
② 鲸波:巨浪。
③ 倏忽:一会儿。白头:头发变白。
④ 赭衣:罪犯的号衣。此指贼船上的人。
⑤ 黄帽:船夫。此指贼船上的人。兜鍪:战士头盔。
⑥ 雁荡:山名,在今浙江永嘉县。
⑦ 蹑屩:穿起草鞋。

# 绿漪堂

予自海舟登台岸,至城门张氏家①,盖国初名将永德之后。主人号哲斋②,辟堂教子,扁"绿漪",为赋八句。

义方堂上看③,窗户翠玲珑。

砚里云坛月,席间淇水风④。

清声随地到,直节与天通。

庭玉森如笋⑤,干霄雨露功⑥。

① 城门:台州城门镇。闰三月三十日文天祥在此登岸。
② 哲斋:张和孙,号哲斋。台州临海城门人。据邓光荐作《文丞相督府忠义传》:"张哲斋,台州海上豪也,所居曰城门镇,盖国初名将永德之后。丞相自通州泛海,过城门,哲斋延款,结约举事,张欣然聚海艘,移檄海上豪杰听命……越二年,张弘范南伐,见檄文墙壁间,属舟人与之有隙,告捕至军前,哲斋知不免,语弘范曰:'某生为宋民,死为宋鬼,何怪我为?'弘范杀其父子,碎其家。"

③ 义方:做人的正道。《左传·隐公三年》:"石碏谏曰:'臣闻爱子教之以义方,弗纳于邪。'"此指对后代的教育

④ 淇水:河名。在今河南北部。古为黄河支流,源出淇山。《诗经·卫风·淇奥》:"瞻彼淇奥,绿竹猗猗。有匪君子,如切如磋,如琢如磨。"比喻君子学习知识、修养身心。

⑤ 庭玉:庭院中的玉树。比喻优秀子弟。

⑥ "干霄"句:谓学生能成材,是张氏教育的功劳。

# 过黄岩

予至淮,即变姓名。及天台境,哲斋张为予觅绿漪诗①,予既赋,题云:"清江刘洙书。"此过黄岩,寄二十字。

魏睢变张禄②,越蠡改陶朱③。
谁料文山氏④,姓刘名是洙。

① 哲斋张:见上诗注。

② 张禄:见《怀杨通州》注。

③ 陶朱:《史记·越世家》记载,范蠡乘扁舟浮于江湖,变姓名,往山东陶县,称朱公。陶朱公,范蠡所改名姓。

④ 文山:文天祥的号。

# 至温州①

万里风霜鬓已丝②,飘零回首壮心悲。

罗浮山下雪来未③，扬子江心月照谁。

只谓虎头非贵相④，不图羝乳有归期⑤。

乘潮一到中川寺⑥，暗读中兴第二碑⑦。

① 至温州：据《纪年录》注，作者于德祐二年四月八日至温州（今浙江温州）闻端宗赵昰于福安（今福建福州）建大元帅府。公（文天祥）奉书劝进（劝即皇帝位），议遂决。旧客张汴、邹㵯，部曲朱华等，皆自闽（福建）来迎。

② 丝：比喻白发。

③ "罗浮"句：这句说怀念家人。罗浮山，山名。在今广东惠州。此时作者家人在广东避难。

④ 虎头：这句话说自己并非长有燕颔虎头的富贵相。《后汉书·班超传》载：相面的人对班超说："生燕颔虎头，飞而食肉，此万里侯相也。"

⑤ "不图"句：谓能逃归实属意外。羝，公羊，不产仔，不产乳。汉代苏武徙于北海上，使牧公羊。单于令曰："羝乳乃得归。"

⑥ 中川寺：在温州江心屿。存有文天祥诗碑。

⑦ 中兴第二碑：中川寺留有宋高宗赵构墨迹，后刻在石碑上。

## 长溪道中和张自山韵①

潮风连地吼，江雨带天流。

宫殿扃春仗②，衣冠锁月游。

伤心今北府③，遗恨古东洲④。

王气如川至⑤，龙兴海上州。东洲⑥，常州也。

夜静吴歌咽，春深蜀血流⑦。

向来苏武节⑧，今日子长游⑨。

海角云为岸，江心石作洲。

丈夫竟何事，底用泣神州⑩。

① 长溪：地名。今福建长溪县。

② 扃：门闩。此处意为关闭。

③ 北府：临安为元人所占领，成为北人首府。

④ 东洲：江苏常州。参见卷二《常州》诗。宋与元兵在此有恶战。

⑤ 王气：这里指宋王朝气象。

⑥ 东洲：原作"东州"，据诗句改。

⑦ 蜀血流：古代传说蜀王杜宇死后化为杜鹃鸟，昼夜悲鸣，啼至
出血乃止。

⑧ 苏武节：见卷一《和"言"字韵》注⑦。

⑨ 子长游：像司马迁那样游历天下。按，司马迁字子长。

⑩ "丈夫"二句：大丈夫为什么要面对神州陆沉而哭泣呢？泣神
州，见卷二《渡瓜洲》"眼前"句注。

# 和自山①

去年予陷北②，自山自京寄诗③。时予已南归，不及
领，今闻成诵，追和作彼时语。痛定思痛，痛不可当。

春晚伤为客，月明思见君。

我方慕苏武，谁复从田文④。

龙背夹红日,雁声连白云。

琵琶汉宫曲,马上不堪闻。

① 自山:张自山。

② 陷北:指作者出使元兵营谈判被扣留。

③ 京:京都临安。

④ "谁复"句:谓跟随自己的人走了。田文:《史记·孟尝君传》载,孟尝君姓田,名文。他入秦国,被秦昭王关押,但门客依然跟从他。

## 林附祖

　　林附祖,福州秀才。去年三月四日①,在无锡道中,忽为数酋擒去,指为文相公。云:"你门年四十②,头戴笠,身着袍,脚穿黑靴,文书上载了你门,如何不是?"缚至京口,辨验然后得释。附祖名元龙,至南剑为予言。

画影图形正捕风③,书生薄命入罝中④。

胡儿一似冬烘眼⑤,错认颜标作鲁公⑥。

① 去年:南剑在景炎元年十一月被元兵占领,作者于景炎元年十月以前在南剑。据《集杜诗·汀州》序:"予在剑,朝廷严趣之汀,十月行。"可见作者在南剑时间是景炎元年,即出使北营被扣的那一年。故去年应为今年。

② 你门:你们。

③ 画影图形:画出被通缉者的形貌。捕风:即捕风捉影的意思。

④ 罝(jū):捉兔子的网,泛指捉野兽的网。这里指被元兵捕获。

⑤ 冬烘:谓迂腐浅陋的人。

⑥ 颜标:唐朝一个寒士,唐懿宗咸通年间,郑薰主持考试,把颜标认作鲁郡公颜真卿,录取为状元。当时有人作诗嘲笑:"主司头脑太冬烘,错认颜标作鲁公。"这句说元兵把林附祖错认成文天祥。

# 呈小村①

> 予自剑进汀②,小村过清流来迎,不图此生复相见。

万里飘零命羽轻③,归来喜有故人迎。

雷潜九地声元在④,月暗千山魄再明⑤。

疑是仓公回已死⑥,恍如羊祜说前生⑦。

夜阑相对真成梦⑧,清酒浩歌双剑横。

① 小村:即刘小村。卷一《所怀》诗小序有"闻故人刘小村、陈蒲塘引兵而南",卷二有《呈小村》诗,所云小村应为同一人。

② 自剑进汀:作者于景炎元年十月离南剑,十一月到汀州。

③ 命羽轻:生命轻如羽毛。

④ "雷潜"句:喻小村积蓄力量,将继续抗元。雷潜,雷伏于深层地下。《论衡·雷虚篇》:"正月阳动,故正月始雷;五月阳盛,故五月雷迅;秋冬阳衰,故秋冬雷潜。"

⑤ 魄:月色。

⑥ 仓公:汉代名医淳于意,治病常能起死回生。这句说作者像

是被仓公从死亡中救了回来。

⑦ 羊祜:据《太平广记》卷三百八十七"悟前生一"载:晋羊祜三岁时,乳母抱行,在东邻树洞内摸到一个金环。东邻人说:我儿子七岁时落井死,曾玩金环,找不到了。可见羊祜前生是东邻之子。此句意谓恍如隔世。

⑧ "夜阑"句:这句说劫后重见,如同梦中。夜阑,夜尽。杜甫《羌村三首》:"夜阑更秉烛,相对如梦寐。"


# 二月晦①


元年二月晦,予从镇江脱北难。险阻艰难,于今再见仲春下澣②,追感堕泪八句。

> 塞上明妃马③,江头渔父船④。
> 新仇谁共雪⑤,旧梦不堪圆。
> 遗恨常千古⑥,浮生又一年。
> 何时暮春者,还我浴沂天⑦。


① 二月晦:此诗写于景炎二年二月晦,追述去年所历艰难。晦,月末那天。

② 仲春:即二月。下澣:同"下浣"。古代每月分上浣、中浣、下浣,下浣即下旬。

③ 塞上明妃马:汉元帝时,王昭君出塞赴匈奴和亲。塞上,北方边境。明妃,即王昭君。晋时为避司马昭讳,将昭君改为明妃。

④ 渔父船:用伍子胥事。伍奔吴,江边渔翁替他摆渡,才逃到吴国。

⑤ 雪：洗刷。

⑥ 千古：长久存在。

⑦ "还我"句：还我自由自在的生活。《论语·先进篇》："暮春者，春
　服既成，童子五六人，冠者六七人，浴乎沂，风乎舞雩，咏而归。"

## 有感呈景山校书诸丈

北风吹春草，阳乌日已至①。

天时岂云爽，人事胡乃异②。

三月方皇皇③，衣冠道如坠。

栋挠榱桷折④，木颠桢干悴⑤。

大者怀端忧⑥，燋头求室毁⑦。

小者嗟行役，泥涂跋其尾⑧。

长平与新安⑨，露骴如栉比⑩。

赋分本尔殊，适与天时值。

哲人处明夷⑪，致命以遂志⑫。

但令守吾贞⑬，死生浩无愧。

① 阳乌：神话指太阳中头乌。后亦用为太阳的代称。

② 胡乃：何乃，为何。

③ 皇皇：焦急不安。

④ "栋挠"句：栋梁弯折，椽子也就断塌了。榱桷，屋上的椽子。

⑤ "木颠"句：树木倒下，树干也就萎了。

⑥ 端忧:深忧。

⑦ 燋头:即焦头。室毁:指王朝濒于灭亡。出《诗经·周南·汝坟》:"鲂鱼赪尾,王室如毁。"

⑧ "泥涂"句:比喻进退两难。跋其尾,踩着自己的尾巴。《诗·豳风·狼跋》:"狼跋其胡,载疐其尾。"

⑨ 长平:在今山西高平西北。据《史记·赵世家》记载:战国时代,秦将白起大败赵军于此,活埋降卒四十万人。新安:在今河南新安。据《史记·项羽本纪》记载:秦末项羽在新安南活埋秦卒二十万人。

⑩ 露胔:裸露于野的腐烂的人肉。胔(zì):腐烂的人肉。

⑪ 哲人:明达而有才智的人。明夷:遭受艰难的贤人志士。

⑫ 致命:献出生命。遂志:实现志愿。

⑬ 贞:坚贞的道德情操。


# 即　事①


去年伤北使②,今日叹南驰。

云湿山如动,天低雨欲垂。

征夫行未已③,游子去何之?

正好王师出④,崆峒麦熟时⑤。


① 据诗尾句中"麦熟"判断,此诗应作于景炎二年(1277)五六月份。

② "去年"句:谓德祐二年正月十九日出使北营被扣。

③ "征夫"句:作者于景炎二年三月至梅州,始与一家人相见。

旨受银青光禄大夫,经略江西。五月入赣州会昌县,故说行踪不止。征夫,远行的人。已,停止。

④ 王师:国家的军队。此指宋军。

⑤ 崆峒:山名,在江西赣县南。

# 所　怀

世途嗟孔棘①,行役苦斯频②。

良马比君子,清风来故人。

相看千里月,空负一年春。

便有桃源路,吾当少避秦③。

① 孔棘:艰危;困窘。南朝梁代沈约《郊居赋》:"逢时艰之孔棘"。

② 斯频:危急。斯,助词,无实义。

③ 桃源:典出东晋陶渊明《桃花源记》:晋太元年间,武陵人去打鱼,忽逢桃花林。又前行,见一山,山有小口,仿佛有光,便下船从口入,豁然开朗,土地平旷,老老少少都怡然自乐。他们告诉打鱼人,祖上避秦时战乱,来此生活。避秦:此指躲避元人抓捕。

# 自　叹

草宿披宵露①,松餐立晚风②。

乱离嗟我在,艰苦有谁同。

祖逖关河志③,程婴社稷功④。
身谋百年事,宇宙浩无穷。

① 草宿:在野草间眠宿。
② 松餐:以松子为食。此句指在野外用餐。
③ 祖逖:晋代范阳郡道县人。晋朝大乱时,祖逖率部曲百余家
　渡江,中流击楫而誓曰:"祖逖不能清中原而复济者,有如大
　江!"此处作者以祖逖自比,有决心收复宋朝失地之意。
④ 程婴社稷功:见卷一《使北》注㉟。

# 附 录

## 《指南录》编辑年代和 《后序》写作年代考辨

宋代文天祥的诗集《指南录》及其《后序》,充满爱国正气,历久传诵不衰。关于诗集编辑成书的年代以及《后序》的写作时间,研究专家均认为在宋端宗景炎元年五月,即公元 1276 年 6 月。例如人民教育出版社编辑出版的《古代散文选》中册收《指南录后序》,在"是年夏五,改元景炎,庐陵文天祥自序其诗,名曰《指南录》"之后有按语:"记作序的时间和诗集的命名。"又,杨德恩编的《文天祥年谱》第 273 页,叙景炎元年(1276)五月之下,也写道:"是月编《指南录》,并作后序。"历年的中学语文数学参考书以及各种选本都作如此注释。我认为,这个说法是值得商榷的。

首先,我们看《指南录后序》中的交代,"自海道至永嘉,来三山(今福建省福州市),为一卷"①。从口气看,《后序》作于"来三山"之后。那么文天祥是什么时候到三山的呢?德祐二年(1276)二月十九日文天祥从京口脱逃,经过一百天左右的辗转流亡,于景炎元年(1276)五月廿六日,来到三山②(宋端宗是五月初一到三山即位的)。可以设想,五月份仅剩三四天了,文天祥怎么可能一到三山,就能安下心来整理流亡中写的诗稿呢?怎么可能写这篇《后序》呢?他新来乍到,忙于就任新职通议大夫、右丞相、枢密使等,忙于"连上辞章",忙于抗元大计的策划,戎马倥偬,痛楚未定,国事纷繁,政敌频仍。凡此种种,当使他无心在三四天内去整理诗集并作《后序》。

其次,整理诗稿并作序言,无疑是在诗稿写成之后,不可能在之前。《后序》中写着:"自海道至永嘉,来三山,为一卷。"这是《指南录》的最后一卷。而这一卷中作品写作的地点虽然均在福建,但写作时间却不止于景炎元年(1276)五月。如《林附祖》一诗写于景炎元年七月,《呈小村》一诗写于景炎元年十一月,《和自山》一诗写于景炎二年(1277),《二月晦》诗写于景炎二年二月杪,《有感呈景山校书诸丈》诗写于景炎二年春,《即事》一诗写于景炎二年四月,《所怀》写于景炎二年春。写作地点有在福建南剑的,有在福建汀州的,有在福建龙岩的。如果把三山理解为整个福建,那么正与《后序》说的"来三山"一句相符合。从《指南录》末卷有的诗篇写于景炎元年五月以后的事实,可以断定《指南录》的最后编写,《后序》的写作,其时间均应在景炎元年五月以后。

再次,"是年夏五"的"是年"一词如何理解呢?"是年",这一年也。这个词大多用在追忆历史年份时。辞书告诉我们,"是",可译作"这"。文天祥也是这样用的。文天祥在燕京狱中编写的《纪年录》,是一部自叙年谱。其中"是岁,辟文山""是年,起宅文山",均把"是岁""是年"用于追忆咸淳年间的事情上。总之,"是年夏五"乃追记端宗即位改元,并不是指编集、写《后序》的时间。

第四,《后序》中有些句子的口气,也不像刚到行都三山时写的。先把《指南录·自序》篇与这篇《后序》作比较,《自序》写于德祐二年(1276)闰三月,当时文天祥逃亡到通州(今江苏南通市),《自序》开头就没有像《后序》写回忆录那样,写上某年某月某日字样。再说,距《自序》写作仅一个多月,又何必再写《后序》呢?

第五,文天祥自叙年谱《纪年录》也没有说《后序》写于景炎元年(1276)五月。

以上从五个方面论证《指南录》编辑成书和《后序》写作的年月,均不在"景炎元年五月",那么,到底编于何年,写于何年?经笔者研究,当在辛巳年(1281)夏天。当时文天祥囚系在大都狱中,在他被杀害之前一年半,证据有下列几点:

一、文天祥在狱中亲自编定的《纪年录·辛巳》条有注:"正月元日,公为书付男升。公在缧绁中,放意文墨,北人争传之。公手编其诗,尽辛巳岁为五卷。自谱其平生行事一卷;集杜甫五言句为绝句二百首;且为之叙其诗。自五羊至金陵为一卷;自吴门归临安,走淮,至闽,诗三卷,号《指南录》,以付弟璧归。夏,璧与孙氏妹归……"③叙述诗篇的地理背景,特别提到了"闽"(福建),这与《指南录》末卷的地理背景完全一致。《后序》中说的"将藏之于家"也与这里的"以付弟璧归"相一致。这条注告诉我们,《指南录》最后编定于辛巳年夏天。"且为之序其诗"一句告诉我们,《后序》也写于辛巳年夏天,即公元1281年夏天,也就是景炎改元五周年纪念的日子。

二、《后序》中有"生无以救国难,死犹为厉鬼以击贼,义也"一句。这也是在囚系中的口气,和狱中临刑的绝命辞意相仿。绝命辞说:"吾身居将相,不能救社稷,安天下,军败国亡,辱为俘囚,其当死久矣。"如果在"景炎元年(1276)五月"文天祥就说"生无以救国难",似乎过于消极悲观了,文天祥不会这样的。《指南录》中没有出现过消极悲观的诗句。他满怀国家可救、民族不亡的信心。如:"乘潮一到中川寺,暗读中兴第二碑。""王气如川至,龙兴海上州。"对民族中兴,抱有希望。

以上从外证、内证两方面论证了《指南录后序》写于辛巳年夏天,是文天祥在燕京狱中写的感天动地的泣血文字,是文天祥临刑前的悲壮回忆录。

末了,我想说一说"是年夏五,改元景炎,庐陵文天祥自序其诗,名曰《指南录》"这个长句怎么理解?这是一个有因果关系的句子。"是年夏五,改元景炎",记录了南宋历史上的一个重大事件,它又是命名《指南录》的原因。这是在说,德祐二年(1276)二月至五月间,文天祥流亡苏北时,南宋景炎王朝还没有覆灭,故将自己的诗集命名为《指南录》。文天祥出使元营谈判的第二天,宋恭帝已经投降元朝了。《宋史·瀛国公本纪》:"二月丁酉朔,辛丑(初五日)率百官拜表祥曦殿,诏谕郡县使降。大元使者入临安府,封府库。"这是说,临安已失陷,恭帝已降元,南宋已不复存在,如果命名为《指南录》的话,那么这个"南"只能指元朝,"指南"也就成了心向元朝的意思,所以闰三月写《自序》时没有替自己的诗集命名为《指南录》。他的"臣心一片磁针石,不指南方不肯休"两句诗也是听闻二王在永嘉建元帅府之后写下的。如果没有发生端宗即位,继续抗元的事实,那么,他的诗集就不会题名《指南录》。

再说,文天祥在序末特别点出"是年夏五,改元景炎",短短两句也含有爱国正气。因为元朝政府根本不承认这个端宗王朝,曾经责备文天祥不跟恭帝降元,另立端宗王朝为不忠云云。文天祥严正地回答说:"德祐,吾君也,不幸而失国。当此之时,社稷为重,君为轻。吾别立君为宗庙社稷计,所以为忠臣也。"元人说:"二王是逃走底人,立得不正,是篡也。"文天祥回答说:"景炎皇帝乃度宗皇帝长子,德祐皇帝之亲兄,如何是不正?登极于德祐已去天位之后,如何是篡?"④文天祥在狱中痛斥了所谓景炎篡位的谬论,又在《后序》末尾强调"是年夏五,改元景炎",意在维护景炎帝的尊严,维护民族的尊严。一言以蔽之,这个因果关系复句,叙述了南宋历史上一个重大的历史事件——元朝政府不承认的历史事件。

① 这里的"三山"如果扩大理解范围,指"闽",那么末卷诗篇的地理背景则完全可以讲通。

② 据文天祥《纪年录·丙子》:"五月朔,景炎皇帝于福安登极,改元,以观文殿学士侍读召赴行在,是月二十六日至行都门。"

③ 文天祥《纪年录》注文,写于明代,据注者交代是据文天祥的好友邓光荐等人所提供的材料写的,应该说是可信的。

④ 以上引文见文天祥《纪年录·己卯》条。

(刊于《天津师大学报》1985 年第 5 期)

## 附　邓广铭教授的一封信

吴海发同志：

寄来的信和文章都已拜读过了。对《指南录后序》写作年代的考订，我以为是正确的。只是文字嫌过长一些。我也动笔删去了一些，但仍嫌过长。因这一问题毕竟是一个小问题，而考证文章最好能写得简练一些。所以，我现在把它寄还给你。第一，请不要付之一炬，因任何人写文章，总都需要一个逐步提高的过程；第二，请你自己再把它进行几次（不是一次）修改。以最后做到精炼而不冗长为止。

《指南录》似并无人作注，至少在我还不曾听说过。所以，你的试作好。不论所作成果如何，自己在注释过程当中必会受到一些训练和好处的。

文山年谱，我只见过许浩基（吴兴人）编写的一本，是1927年由商务印书馆代印的。杨德恩编写的一本，我是否曾看见过，现在已无任何印象。近几十年内似也未再见此人的任何作品。可能已不在人间了。专此奉复，顺致敬礼

邓广铭　于北京大学历史系

一九八二年十一月十二日

# 谈文天祥离开南通(通州)的走向

文天祥《指南录后序》选在新中国中学语文课本中,据我所知始于一九五五年。台湾、香港则要早得多。此文要讨论的问题时有出现。例如:关于文天祥离开南通的走向就存在问题。高中语文教本上附有地图,描绘文天祥北行、逃亡的路线,离开南通,乘坐内河船只,沿着长江东下出海,请看地图:

**错误的图示**

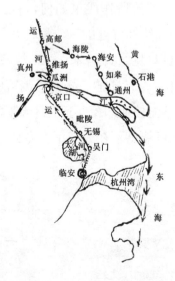

这样图示对不对呢？请先看有关材料。

首先，文天祥一行从如皋来到尚未沦陷的通州（今南通），时在德祐二年（1276）三月二十四日。在此盘桓二十三天，于闰三月十七日离开通州。走长江、走北海，都得有船只。走海路得有海船。文天祥选择的是走海路。什么原因呢？文天祥有记载："海船与江船不同。自狄难以来，从淮入浙者，必由海而通为孔道也"。（《海船》小序）这是说只能走海路，别的路不通。海船是通州守将杨师亮赠送给文天祥的。

其次，文天祥走海路，有他自己的文字为证："东将入海避风尘"（《发通州》）这是一。"予万死一生，得至通州，幸有海船以济。闰月十七日，发城下。十八日宿石港。同行有曹大监镇两舟，徐新班广寿一舟。舟中之人，有识予者。"（《发通州》小序）这是二。石港在南通东北，北海边上。文天祥有《石港》诗一首，诗中说："山鸟唤醒客，海风吹黑人""起看扶桑晓，红黄六六鳞"，可见石港在海边。在石港已经可以在朝阳下观看海上景色了。据南通文化部门告诉我，石港这里原有"渡海亭"，纪念文天祥的。抗日战争中被日寇毁圮，现已重建中。文天祥的船离开石港，经卖鱼湾、宋家林，"二十二日，出海洋。极目皆水，水外惟天。"（《出海》小序）很显然走的是海路。

再次，我们要问，文天祥走长江近，且风浪小，危险少，为什么要从南通东北走海路呢？文天祥有过说明，只因为长江中沙洲均被元兵占领，极不安全。《北海口》诗小序中说："人趋江南而经北洋者，以扬子江中渚沙为北所用，故经道于此,复转而南,盖辽绕数千里云。"又,《扬子江》诗小序中说:"自通州至扬子江口,两潮可到。为避渚沙及许浦,顾诸从行者,故绕去,出北海,然后渡扬子江。"

鉴于上述三点理由,可肯定,文天祥是从南通往东北走,经石港踏上海途的。正确的路线图是这样的:

**正确的图示**

最后,让我们再朗诵一遍《扬子江》吧,我们可以清楚地看到文天祥一行是先游北海,后到扬子江口的。诗的全文是:

几日随风北海游,

回从扬子大江头。

臣心一片磁针石,

不指南方不肯休。

# 囚系中的不屈心声

## ——析文天祥诗《无锡》

乘坐客轮在京杭大运河南来北往的旅客,进入无锡城北地段,会看见一座两层楼阁,飞檐翘角,坐落在运河中央的水墩上,似乎在深情注视客轮货船的行踪,表示主人的好客与热情。这就是历史悠久、名闻遐迩的"正气楼",整个土墩屹立河上,俗称黄埠墩。爱国志士文天祥被囚禁时曾经系舟黄埠墩,赋诗寄怀呢。

事情发生在公元 1276 年(宋恭帝德祐二年),元兵已经包围南宋京都临安(今杭州市),国势已经不可收拾,或抗战,或死守,或迁都,均来不及了。文天祥不顾个人安危、奉命赴元人兵营谈判要求退兵,元兵头目不守信义,扣留拘押了文天祥。不久,又强迫文天祥随着南宋投降派的人乘船去大都(今北京)请降,使文天祥备受侮辱。船是沿着运河北行的。二月十一日,文天祥乘坐的船只系缆于黄埠墩。他回忆起己未年,携弟赴南宋都城殿试廷对曾经路过镇江金山,所见如在眼前。他悲愤交加地写下一首七言律诗,题为《无锡》,全文如下:

金山冉冉波涛雨,锡水泯泯草木春。

二十年前曾去路，三千里外作行人。

英雄未死心为碎，父老相逢鼻欲辛。

夜读程婴存赵事，一回惆怅一沾巾。

首联描写景色：当年经过镇江，江上波涛带雨，金山朦朦胧胧；如今又到无锡，运河清清，南岸青山草木回春，欣欣向荣。颔联跌入回忆的痛苦中，文天祥二十三岁的时候，曾经携带胞弟文璧去临安参与会试，也坐船经过无锡，也在金山过夜；现今却作为囚犯，被迫作为求降者，到三千里之外的大都去。今昔对比，两种身份，文天祥怎能不心痛欲碎呢！颈联则抒写心中的爱国情感，想到自己抗元决心坚如铁石，却无从施展抱负；见到无锡的父老乡亲不禁辛酸欲泪。但是文天祥以身许国的精神不会改变，尾联叙述他夜读《史记》，他被赵国程婴竭力保护赵王后代，以使赵国不亡的爱国精神所感动，泪湿青衫。

这是一首悲壮激烈的诗，抒发了爱国志士抗元到底、坚贞不屈、为国牺牲的雄心壮志。诗中有叙景，有忆旧，有言志，有写实，通篇为爱国精神所浸透，是历来传诵的名篇，是被押送途中所写的千古绝唱，是文天祥囚系中的不屈心声。

# 文天祥生平简表

宋理宗端平三年（1236）五月初二日子时生，江西吉州庐陵县淳化乡富田寨（今江西吉安市富田乡文家村）人。一岁

天祥父亲名仪，字士表，人称革斋先生。

文祥由祖父取名为云孙。

弟三人——璧、霆孙、璋。

妹三人——懿孙、淑孙、顺孙。

妻——欧阳氏；姜——颜氏、黄氏。

子二人——道生、佛生。

女六人——定娘、柳娘、环娘、监娘、奉娘、寿娘。

天祥被俘，二子相继去世，后以弟文璧的次子文升过继为嗣。

## 宋理宗宝祐元年（1253），十八岁

进庐陵学宫的乡贤祠，见欧阳修、杨邦仪、胡铨、周必大等四塑像，说："没不俎豆其间，非夫也。"（我死了不和他们排列在一起，就不是大丈夫。）

## 宋理宗宝祐三年(1255),二十岁

进吉州白鹭洲书院读书。中选为吉州贡士。

这年改名天祥,号履善。

途中遇一道士,指着天祥说:"此郎必为一代伟人,然非一家之福也。"

## 宋理宗宝祐四年(1256),二十一岁

五月初八日殿试,名列第五,理宗皇帝以为天祥名字吉利,赞道:"此天之祥,乃宋之瑞也",遂提拔为第一,友人为天祥起字宋瑞。

同榜者有陆秀夫。

## 宋理宗开庆元年(1259),二十四岁

正月,陪同弟璧进京应试。

五月,签书宁海军节度判官厅公事。

九月,璧中进士。

这年乞皇帝斩奸相董宋臣,未果,辞职归乡。

## 宋理宗景定元年(1260),二十五岁

二月,任命为签书镇南军节度判官厅公事,没有应命。

## 宋理宗景定三年(公元1262),二十七岁

四月,供秘书省正字职。兼任景献府教授。

五月,充殿试考官,进校书郎。

## 宋理宗景定四年(1263),二十八岁

正月,除著作佐郎。

二月，兼权刑部郎官。

十一月，任瑞州知州。

## 宋理宗景定五年(1264)，二十九岁

八月，元军进占燕京，定为都城。宋理宗去世，宋度宗即位。

十一月，任江西提刑。

## 宋度宗咸淳元年(1265)，三十岁

御史黄万石弹劾文天祥不称职，天祥愤而辞职。

## 宋度宗咸淳三年(1267)，三十二岁

九月，除吏部尚书左郎官，辞而不允。

十二月，赴临安就职。

## 宋度宗咸淳四年(1268)，三十三岁

正月，兼学士院权直，又兼国史院编修。

## 宋度宗咸淳七年(1271)，三十六岁

是年建屋于文山，并自号文山。

冬至，除湖南运判。

## 宋度宗咸淳九年(1273)，三十八岁

二月，襄樊陷落，守将吕文焕降元。

夏，见老师江万里于湖南长沙。语及国事，江曰："吾老矣，观天时人事当有变，吾阅人多矣，世道之责，其在君乎！"

## 宋度宗咸淳十年(1274),三十九岁

三月,任赣州知州。

九月,伯颜率元军二十万,从襄阳出发东下,十二月取鄂州(武汉)。

十一月二十一日,度宗去世。

## 宋恭帝(赵㬎)德祐元年(1275),四十岁

四月,天祥领兵下吉州抗元。

七月,除权兵部尚书,领兵从吉州至衢州。

八月,驻兵西湖边。

九月,除浙西江东制置使、江西安抚大使,兼知平江府事。

乞斩吕师孟,皇上不允。

十月,入丞相府。不久授予端明殿学士。遣军解常州围,在五木兵败。

十一月,临安北独松关告急,天祥发兵保卫。授予资政殿学士,浙西江东制置大使,兼江西安抚大使,官署设在临安。

## 宋恭帝德祐二年(1276),四十一岁

正月十八日,元军头目伯颜率兵围攻临安北郊皋亭山。当晚丞相陈宜中逃遁。

正月十九日,除枢密使。中午,除右丞相,兼枢密使,都督诸路军马,奉命往元军兵营议和。

正月二十日,被扣留北营中。诟元军头目扣留使者无

理,骂吕文焕叔侄为逆。

二月初八日,元军头目强迫天祥随祈请使吴坚、贾余庆等北去燕京,递交国玺降元。

二月十一日,至无锡,舟泊于黄埠墩,有诗。

二月十八日,至京口(镇江)。

二月廿九日,与杜浒等十一人逃往真州(今仪征)。

三月初一日,入真州城。

三月初三日,天祥一行被太守苗再成误为"赚城",将其哄骗出真州城。夜三更抵达扬州西门,不敢入城。从者有四人逃离天祥而去。

三月初四日,藏身于桂公塘空屋中,元骑兵数千从门口经过,几不免死。

三月初五日,至贾家庄,卧败墙粪秽中。夜晚赶往高邮,迷失道路。

三月初六日早晨,遇元人哨兵,被缚走一人、杀伤一人,其余侥幸无碍。

三月初七日,匍匐至高邮,拂晓乘船离开高沙,经过七水寨。

三月十一日,至泰州,伏城下。

三月二十二日,乘船离开泰州,与元兵一前一后。

三月二十四日,至通州(今南通市)。

闰三月十七日,乘贩卖私盐船只,从南通石港启碇,由黄海往南方行进。

闰三月三十日,至台州境的城门镇。

四月初八日,至温州,住在中川寺。

五月初一日,端宗皇帝于福安县登极,改元景炎。以天祥为观文殿学士,召赴行在。

五月廿六日,到达行都福安,授通议大夫、右丞相、枢密使、都督诸路兵马。

七月初四日,从行都福安出发。

七月十三日,至福建南剑聚集兵马。

十一月,到达福建汀州。

## 宋端宗景炎二年(1277),四十二岁

三月,至梅州,始与家人相见。

五月,进入赣州会昌县。

六月初三日,战于雩都,大捷。

六月廿一日,入兴国县,遣兵攻赣、吉,斩汀州伪天子黄从。攻赣、吉兵败,被元兵追至空坑,失欧阳夫人一子佛生,二女环娘、柳娘。

二月,入汀州。

十一月,至循州,屯兵南岭。

## 宋端宗景炎三年(1278),四十三岁

二月,进兵惠州海丰县。

六月,行朝移至崖山,天祥乘船入觐。

十一月,进驻潮州潮阳县。

十二月十五日,移兵驻海丰县。

十二月二十日,被元兵追及,当时天祥正在五坡岭吃

饭,军败被俘,服药自杀未成。见元军头目张弘范,抗节不屈。

## 宋帝祥兴元年(1279),四十四岁

正月二日,张弘范置天祥于舟中。初六日从潮阳出发押往燕京。

正月十三日,至崖山,张弘范强迫文天祥写信给张世杰招降,文天祥手书《过零丁洋》诗复命。末句云:"人生自古谁无死,留取丹心照汗青。"

三月十三日,元兵船还至广州。

五月廿五日,至南安军,有诗。

六月十二日,至建康(南京),囚于狱中。有诗。

八月廿六日,至扬州。

九月初九日,至徐州。

九月廿一日,至保定。

十月一日,至燕京。

十月初五日,囚于兵马司,枷项缚手,坐一空室中。

十一月初九日,提审天祥,天祥长揖,不跪。

## 庚辰年(1280),四十五岁

囚于燕京狱中。五月,其弟璧自惠州到燕京,探望兄长。

## 辛巳年(1281),四十六岁

囚于燕京狱中,放意文墨,北人争传之。

手编其诗,包括《指南录》,交付弟璧携归家中。

## 壬午年(1282),四十七岁

写绝笔文："吾位居将相,不能救社稷、正天下,军败国辱,为囚虏,其当死久矣。顷被执以来,欲引决而无间(机会),今天与之机,谨南向再拜以死。其赞曰:'孔曰成仁,孟云取义,惟其义尽,所以仁至。读圣贤书,所学何事?而今而后,庶几无愧。宋丞相文天祥绝笔。'"藏于衣带间。

六月,写《正气歌》诗。

八月,元帝谋授公大任以招降,天祥不屈。

十二月初八日,元帝召天祥入殿,仍欲付以大任,天祥不屈。

十二月初九日(公历1283年1月9日),被杀于北京柴市口。临刑,向南方三拜。

# 后　记

　　《指南录》注释本，经历多年尘封之后，终于同读书人见面，我首先赞赏出版社的眼力与魄力，也赞赏出版社扶持学术研究的良知，在此我表示由衷的谢忱。

　　书稿第一稿完成于六十年代初期。中年以上的人都还记得，那是一个温饱都成为问题的年代。人们一旦围坐在一起，不谈穿，不谈玩，只谈吃，谈自己吃过的名菜肴、名点心、名土产，扬州的三丁包，天津的狗不理，南京的盐水鸭，无锡的酱排骨，苏州的芝麻糕，安慰失去了味觉的口舌。当时北地教师，分配不到大米和面粉，肉五元钱一口，卖熟肉者还唠叨做了蚀本生意。我吃着黑窝窝头和老咸菜，深夜坐在灯下研读民族英雄文天祥的诗集《指南录》。有人喜欢打扑克，我却喜欢读古籍，一盏美孚灯点亮我的青春，一部《文山先生全集》伴我熬夜。清晨洗脸，劣质煤油灯烟，熏得我脸黑，鼻孔尽灰。风从不愿意在我屋里过夏，但是很殷勤地在我屋里过冬，有时夹着雪片从窗洞里直入我室；有时风雪从微山湖上过来，破门进屋，弄得我的卡片、文稿散落一地。我妻在被子里柔声说："睡吧，老晚了。"（多年前的遗音似在耳边回响）。历经两个寒暑，第一稿终于煞了尾。摩挲书稿，如第一次做父亲，爱抚长儿，那份喜悦，我依然记得。

浩劫中抄家，此稿东躲西藏，胆颤心惊，余悸犹在。后来书稿寄给一家出版社，竟在出版社不翼而飞，我心急如焚，痛不欲生。无奈我笔尖滴着苦涩的血，挑灯夜战，再写一遍。以后，我参与编纂了《汉语大词典》部分词目。编纂《汉语大词典》的训练，提升了我的阅读古籍能力，很有助于我提高《指南录》注释质量。

艰难起步，终于完成，笔者感到了欣慰，不久，却因出版无着而苦恼。八十年代初，我把苦恼告诉北京大学教授邓广铭先生。他立即审阅了我的考证论文，并写了一封热情鼓励的信，这无异于雪夜中的一炉炭火，三冬中的一缕阳光，行乞者得到的一碗热粥。我保存邓先生的信作纪念，现在征得同意，作为序言发表（笔者按，本次再版已移至附录内）。邓先生是宋史研究的权威，著作等身，我年轻时就对他的学术成就产生了崇高的敬意。

这部书稿从寒冷的冬天起步，经过漫长的路程，终于遇上了一个改革开放的时代。这个时代有许多特点，尊重知识、尊重学术也是其中之一。从前是存心研究，但是难以研究；现在是提倡研究，但是无心研究。肤浅、浮躁、侥幸成名心态严重。当年，我选择一册古典诗集作为研究对象，诚然有弘扬爱国正气的念头，为年轻一代心中注入爱国的热血——但是我还有农民之子特有的执著，"为学术而学术"支配了我的笔。但问耕耘，不问收获。我的傻气简直到达傻不可及的地步。鲁迅先生说过，世上不能没有傻子。当前商海浪高,诱惑迷人,知识阶层有人纵身其中,或浮或沉,悲欢不同。但是,我想总得有些傻子甘于清贫,固守一片净土,追求真理,开拓一方,"为学术而学术"才好吧。

我与周振甫先生、吴祖光先生的友谊,始于校注此书的初期,多年来没有中断。周先生是研究古典文史的老专家,吴先生是一代戏剧家。我请他们两位写序文,以壮这个校注本的行色——让它走遍大江南北、运河之滨,在年轻人心中落户。如果说当代年轻人需要行路指南的话,那么,不是别的,而是坚定不移的爱国正气。这将保证我们国家民族的凝聚力坚如磐石,无可动摇。这是我的心愿,献给跨世纪的年轻人。

今以《四部丛刊》影印明万历刻本为底本,参校以明景泰六年刻本、清雍正三年文天祥十四世孙家刻本等。鉴于注释本的通俗要求,校记从略。

书稿写完后,得到过师友的指教,在此一并致谢。唐圭璋、吴世昌两先生曾经提耳面教,永以志怀。笔者水平有限,诚恳地希望读者不吝指教。

吴海发,记于冯巷三耕书室

1993 年 5 月 7 日

# 再版后记

南宋末年，民族患难之际，文天祥是奋勇崛起的一代英雄人物。他的伟大在于将自己的命运与民族的存亡紧紧结合在一起，与苍生百姓的生死紧紧结合在一起。他以身许国，历尽艰险，九死一生。他以生命正告入侵敌人，华夏儿女是不会被征服的，中国人民将永远立于民族不败之林。毛泽东在阅览《新唐书·徐有功传》时，挥笔在书页写下一则抒怀文字，激动地歌颂了文天祥的以身殉志精神。他这样说：

> 岳飞、文天祥、曾静、戴名世、瞿秋白、方志敏、邓演达、杨虎城、闻一多诸辈，以身殉志，不亦伟乎！

鲁迅也是赞扬文天祥抗敌精神的。

公元1276年春夏，宋端宗德祐年间，丞相文天祥在已经陷于元兵的江苏北部，避敌追捕而逃亡的经历，化为惊心动魄的诗集《指南录》，这是民族斗争的伟大史诗。七百余年来成了民族伟大的精神力量。京剧与话剧曾经以他为题材，在舞台上频频演出，轰动域内外。

只要中华民族的忧患存在，这部史诗将不失其存在价值。我为这部《指南录》注释本付出了大半生的心血，其中还有过书稿被出版社遗失的心痛。

感谢上海古籍出版社,愿为再版这部注释本,特别应当肯定的是社中资深编辑袁啸波先生,不辞辛苦、认真细致地审阅此稿,订正了我初版本的失误,大大提高了拙注的质量,让我没世不忘。

我还要提及乡贤钱钟书先生,他的《宋诗选注》也选了文天祥的诗。我曾将自己的校注本寄赠请益,我们还有所讨论。钱先生教他女儿钱瑗教授写来一信,表示感谢云。钱先生的虚怀若谷,我将作为专心治学的一面铜镜,铭记心间。

我的业师钱仲联先生在我的赠本上写道:"拜读一过,俱见匠心。"

本书初版名为《指南录》(注释本),今更名为《指南录详注》,特此说明。

吴海发于三耕书室
2021 年 1 月,天寒欲雪时